Abenteuer & Wissen

Maja Nielsen

Charles Darwin

>>> Ein Forscher verändert die Welt

Fachliche Beratung: Dr. Matthias Glaubrecht

GERSTENBERG

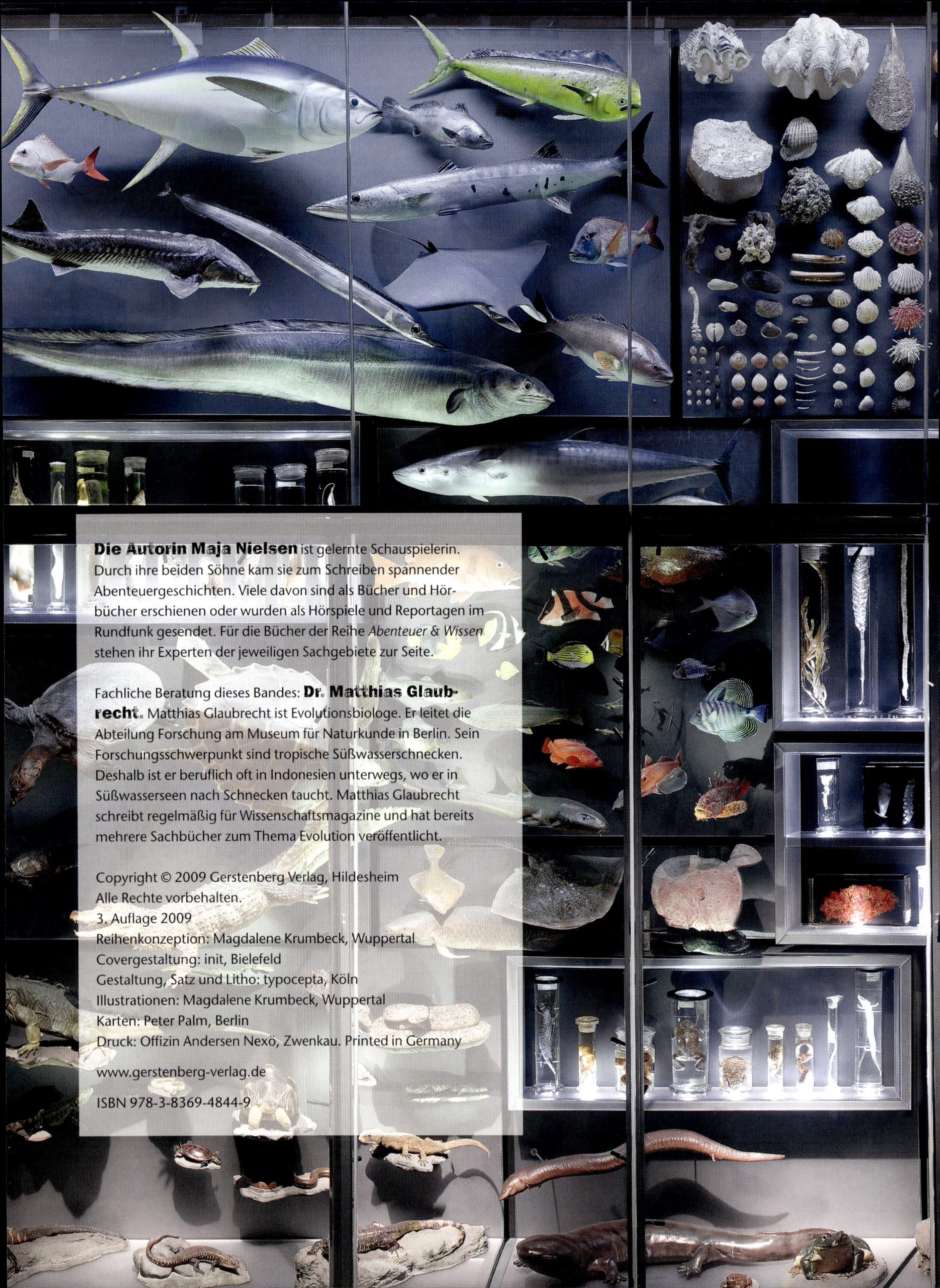

Die Autorin Maja Nielsen ist gelernte Schauspielerin. Durch ihre beiden Söhne kam sie zum Schreiben spannender Abenteuergeschichten. Viele davon sind als Bücher und Hörbücher erschienen oder wurden als Hörspiele und Reportagen im Rundfunk gesendet. Für die Bücher der Reihe *Abenteuer & Wissen* stehen ihr Experten der jeweiligen Sachgebiete zur Seite.

Fachliche Beratung dieses Bandes: **Dr. Matthias Glaubrecht.** Matthias Glaubrecht ist Evolutionsbiologe. Er leitet die Abteilung Forschung am Museum für Naturkunde in Berlin. Sein Forschungsschwerpunkt sind tropische Süßwasserschnecken. Deshalb ist er beruflich oft in Indonesien unterwegs, wo er in Süßwasserseen nach Schnecken taucht. Matthias Glaubrecht schreibt regelmäßig für Wissenschaftsmagazine und hat bereits mehrere Sachbücher zum Thema Evolution veröffentlicht.

3. Auflage 2009
Reihenkonzeption: Magdalene Krumbeck, Wuppertal
Covergestaltung: init, Bielefeld
Gestaltung, Satz und Litho: typocepta, Köln
Illustrationen: Magdalene Krumbeck, Wuppertal
Karten: Peter Palm, Berlin
Druck: Offizin Andersen Nexö, Zwenkau. Printed in Germany

www.gerstenberg-verlag.de

ISBN 978-3-8369-4844-9

Inhalt

Das Wunder des Lebens

Auf unserem Planeten gibt es etwa zwei Millionen bekannte Tierarten, und es existieren viele Millionen weitere Arten, die noch niemand entdeckt hat. Von den Abermillionen Pflanzenarten gar nicht zu reden! Wie ist diese überwältigende Vielfalt entstanden? Und wie ist überhaupt Leben auf der Erde möglich geworden?

Dieses große Geheimnis beschäftigt uns Menschen seit jeher. Bis weit ins 19. Jahrhundert hinein haben die Menschen in Europa die Antwort in der Bibel gefunden: Gott hat in sechs Tagen die Welt und alles Leben auf ihr erschaffen. Zuerst die Erde, dann die Pflanzen und Tiere und zuletzt den Menschen.

Doch konnte das wirklich genau so geschehen sein? Knochenfunde ausgestorbener Tiere wie der riesenhaften Dinosaurier oder im Gestein hoher Berge eingebettete Muscheln waren deutliche Beweise dafür, dass rätselhafte Prozesse auf der Erde stattgefunden haben mussten, von denen die Schöpfungsgeschichte nichts berichtet. Nur welche? Diesem Rätsel kommt vor etwa 180 Jahren der Engländer Charles Darwin auf die Spur.

Der junge Naturkundler trotzt dem Vater die Erlaubnis ab, auf dem Forschungsschiff *Beagle* an einer fast fünf Jahre dauernden Weltreise teilzunehmen. Auf dieser aufregenden Reise macht er unzählige verblüffende Beobachtungen, und in ihm reift ein Verdacht, der ihm selbst ungeheuerlich erscheint: Könnte es sein, dass die Schöpfungsgeschichte irrt? Ist das Leben auf der Erde vielleicht ganz anders entstanden, als die Bibel erzählt? Mit leidenschaftlichem Wissensdrang macht sich Darwin daran, dem Geheimnis der Entstehung der Arten auf den Grund zu gehen ... und hebt damit das Weltbild seiner Zeit aus den Angeln.

Die Fragen, die der große Naturforscher vor über 150 Jahren aufwarf, beschäftigen Wissenschaftler noch heute. Der Evolutionsbiologe Matthias Glaubrecht vom Naturkundemuseum Berlin forscht in unseren Tagen auf Darwins Spuren und erklärt, was genau er herausfinden möchte, wenn er in Südostasien auf der Insel Sulawesi nach Schnecken taucht.

Aber ich bin fast überzeugt (ganz im Gegenteil zu meiner ursprünglichen Meinung), dass die Arten nicht (es ist, als würde ich Ihnen einen Mord gestehen) unveränderlich sind.

Charles Darwin 1844 in einem Brief an Joseph Hooker

1 c)

Die Abreise

2. November 1831. Es ist einer dieser typisch nasskalten, nebligen Novembertage, an denen man am liebsten gar nicht aus dem Haus gehen möchte. Im Hafen von Plymouth sind an diesem Morgen kaum Besucher. Nur ein weißhaariger Großvater steht an der Mole und zeigt seinem Enkel, von wo aus die frommen Pilgerväter im Jahre 1620 auf der berühmten *Mayflower* in See stachen, um Amerika zu besiedeln. Vielleicht erzählt er dem Kind auch von dem großen Entdecker James Cook oder von Francis Drake, Weltumsegler und Kaperfahrer der Königin, die auch von diesem Hafen aufbrachen, um in unbekannte Gebiete vorzudringen.

Ein hochgewachsener, blonder junger Mann, an seinem gepflegten, langschößigen Anzug und dem gestärkten, weißen Hemd eindeutig als Gentleman zu erkennen, geht schwer atmend die Mole entlang. Er und ein Diener mühen sich mit riesigen Mengen an Gepäck ab. Ein paar be-

Das Herz wurde mir schwer bei dem Gedanken, Familie und Freunde für so lange Zeit zurückzulassen, und das Wetter erschien mir unsäglich düster.
Charles Darwin in seiner Autobiografie

Die Hafenstadt Plymouth, in der Charles Darwin seine Weltumsegelung begann. Noch heute befindet sich hier der größte Marinehafen Westeuropas.

In den Wochen vor der Abreise hat Darwin vor Aufregung solches Herzklopfen, dass er meint, einen Herzfehler zu haben. Aus Angst, deswegen nicht mitsegeln zu dürfen, geht er nicht zum Arzt.

trunkene Matrosen weichen ihnen, derbe Scherze reißend, aus. Man sieht dem jungen Gentleman an, dass er sehr aufgeregt ist. Er steuert auf einen robusten Dreimaster namens *Beagle* zu, auf dem letzte Vorbereitungen für die große Fahrt getroffen werden, die das Schiff in Kürze unternehmen soll. Überall wird gehämmert und ausgebessert. Es riecht nach frischer Farbe. Einige Matrosen streichen das Vordeck.

„Junge, hilf Mr Darwin mit seinem Gepäck!“, ruft ein Offizier einem der Schiffsjungen zu. „Trag alles in die hintere Kabine!“

Der Schiffsjunge wundert sich über die merkwürdigen Gegenstände, die mit dem jungen Gentleman an Bord wandern: Mikroskop, Geologenhammer, Barometer, Bücher und zahllose Behälter für Schmetterlinge, Insekten, Schlangen und ausgestopfte Vögel, für Gesteinsproben und Pflanzen aller Art. All das und dazu noch die Kleidung des neuen Passagiers werden in einer kleinen Kajüte von 3 mal 3,5 Metern untergebracht. Der hochgewachsene Reisende muss sich den engen Raum mit einem weiteren Mann teilen. Charles Darwin – so heißt der junge Gentleman – beäugt interessiert die Hängematte, die ihm zum Schlafen zugewiesen wird. Darwin ist kein Seemann, er hat noch nie eine längere Schiffsreise unternommen. Er ist Theologe – und Naturforscher mit Leib und Seele.

Sobald der Schiffsjunge gegangen ist, lässt sich Darwin auf einem der Stühle nieder und betrachtet zufrieden sein neues Zuhause. Er kann sein Glück kaum fassen. Ein Traum wird für ihn wahr. Er wird auf Forschungsreise gehen! Mit dem königlichen Forschungs- und Vermessungsschiff *Beagle*. Zwei ganze Jahre lang! Es geht rund um den Globus: Atlantik, Pazifik, Chinesisches Meer, Indischer Ozean. Am Ende wird er mit allen Wassern gewaschen sein, denkt sich Darwin schmunzelnd.

Der Verkehr mit irgendwelchen Menschen, wie unzivilisiert sie auch immer sein mögen, hätte der Mannschaft nach mühseliger Fahrt in dieser öden Einsamkeit gut getan …

Kapitän Pringle Stokes' letzte Tagebucheintragung

Während der Kapitän der *Beagle*, Robert FitzRoy, im Auftrag der englischen Regierung Karten der Küstenlinie von der Südspitze Südamerikas anfertigt, die der englischen Handelsschifffahrt und der Marine zugutekommen sollen, darf Darwin naturwissenschaftliche Beobachtungen machen. Eine genaue Karte von der zerklüfteten Küste Südamerikas zu erstellen ist unter den stürmischen Wetterbedingungen des äußersten Südens überaus schwierig, wenn nicht unmöglich, weiß FitzRoy aus eigener Erfahrung. Seine Aufgabe ist es daher, einige markante Punkte – bestimmte Buchten, auffällige Felsen, mögliche Ankerplätze – mit Sextant und Chronometer genau zu bestimmen, sie zu verzeichnen und zu beschreiben. Diese Punkte können anderen Seefahrern später helfen, ihre Position festzustellen.

Vor Kap Hoorn treffen das kalte Wasser des Atlantik und das warme Wasser des Pazifik aufeinander. Warme und kalte Luftmassen vermischen sich und entwickeln sich nicht selten zu verheerenden Orkanen. Die *Beagle* muss auf ihrer Fahrt das gefährliche Kap umrunden.

Künstler an Bord

Neben einem Naturwissenschaftler nimmt der Kapitän der *Beagle* auch einen Expeditionskünstler mit auf die Reise. Der Maler Augustus Earle (1793–1838) hat die Aufgabe, die Landschaften und die Menschen, die er sieht, im Bild festzuhalten. So kann man sich in Europa eine Vorstellung von den Ländern auf der anderen Seite der Welt machen. Als Augustus Earle erkrankt, wird er durch den berühmten Landschaftsmaler Conrad Martens ersetzt.

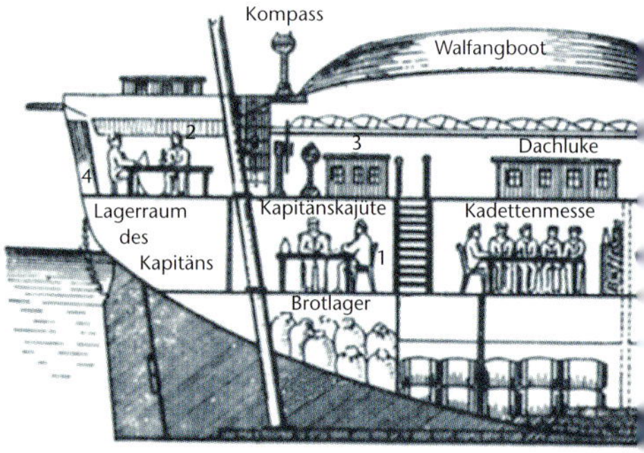

Rund um die Welt

Der erste Seefahrer, der eine Weltumsegelung in Angriff nahm, war 1519 der Portugiese Ferdinand Magellan (portugiesisch Fernão de Magalhães, 1480–1521). Magellan starb während der Reise bei einer kriegerischen Auseinandersetzung auf den Philippinen. Aber die *Victoria*, eines der fünf Schiffe, mit denen er aufgebrochen war, vollendete unter der Führung eines anderen Kapitäns nach zwei Jahren, elf Monaten und zwei Wochen die Umrundung der Erde. Von 256 aufgebrochenen Männern kamen gerade mal 18 wieder in ihrer Heimat an.

Von England wird die Fahrt mit kurzem Zwischenstopp auf den Kapverdischen Inseln nach Brasilien gehen, dann weiter nach Patagonien und Feuerland. Die Falklandinseln sollen genauer erforscht werden, ebenso die Galapagosinseln, anschließend wird die *Beagle* Kurs auf Australien nehmen, mit Halt auf der Südseeinsel Tahiti, und schließlich geht es durch den Indischen Ozean nach Afrika. In Kapstadt wird angelegt und das Schiff noch einmal neu bevorratet, und dann segelt die *Beagle* wieder zurück in die Heimat nach England. So lautet ihr Auftrag.

Darwin kann kaum erwarten, dass endlich die Leinen losgemacht werden. Aber noch ist das Wetter ungünstig. Sie müssen warten, bis der Wind aus Nordost bläst.

Die *Beagle* – so heißt eine englische Spürhundrasse – ist ein kleines, aber sehr zuverlässiges Schiff. Das hat sie während der vorangegangenen Mission, bei der im Auftrag der britischen Admiralität bereits ein Teil der zerklüfteten, sturmgepeitschten Küstenlinie Südamerikas vermessen wurde, eindrucksvoll unter Beweis gestellt. Der nur 27 Meter lange Dreimaster, eine mit zehn Kanonen bestückte 235 Tonnen schwere Brigg, bietet Platz für enorme Mengen an Vorräten für die 74 Menschen, die sich an Bord befinden. Randvoll sind die Laderäume für die große Fahrt gefüllt. Nicht mal einen einzigen weiteren Laib Brot könnte man noch zusätzlich im Laderaum verstauen, erfährt der staunende Darwin.

Auf der letzten Fahrt hielt das Vermessungsschiff selbst den schwersten Stürmen stand – ganz im Gegensatz zu ihrem Kapitän. Pringle Stokes, der frühere Kommandant der *Beagle*, war der zermürbenden Fahrt durch die berüchtigte Magellanstraße nicht gewachsen. Es waren nicht die orkanartigen Wirbelstürme, die wie aus dem Nichts kamen und das Meer in Minutenschnelle in eine Hölle aus turmhohen Wasserwänden verwandelten, die den Kapitän verzweifeln ließen. Es waren auch nicht die verheerenden Schneestürme, die dem Kapitän die Sicht nahmen und die es zu einem Glücksspiel machten, ob das Schiff die Küste sicher umfahren konnte. Und es waren nicht die gewaltigen Brecher, die das Deck überfluteten und alles mitrissen, was nicht niet- und nagelfest war. Nein, es war die bedrückende Einsamkeit, die Kapitän Pringle Stokes eines bitterkalten Tages nicht mehr ertragen konnte.

Die HMS *Beagle* nach einer Zeichnung von Darwins Schiffskameraden Philip King. Die Brigg, ursprünglich als Kriegsschiff konstruiert, wurde für die Expedition umgebaut. Kapitän FitzRoy stattet sie mit den neuesten technischen Geräten aus: So erhält sie Blitzableiter an allen drei Masten.

1 Darwins Platz in der Kapitänskajüte
2 Darwins Platz in der Achterdeck-Kajüte
3 Darwins Kommode
4 Darwins Bücherregal

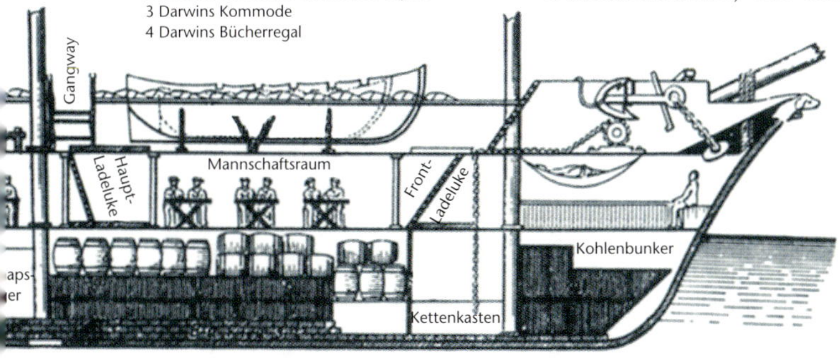

Während die *Beagle* am 2. August 1828 in Port Famine in der Magellanstraße wieder einmal in einem Schneesturm vor Anker gehen musste, holte Stokes nach Einbruch der Dunkelheit seine Pistole aus dem Kabinett in der Kapitänskajüte und jagte sich eine Kugel durch den Kopf.

Letztlich verdankt der junge Darwin Stokes' traurigem Ende die Einladung, auf dem Vermessungsschiff mitzureisen. Denn der neue Kapitän des kleinen Forschungsschiffes, der 26 Jahre alte Kapitän Robert FitzRoy, möchte nicht dasselbe Schicksal wie sein Vorgänger erleiden. Er hat Angst davor, auf der langen Fahrt an das äußerste Ende der bewohnten Welt derselben Schwermut zu verfallen. Der junge Charles Darwin soll dem Kapitän während der langen Reise als Gesprächspartner dienen. Das wird ihn vor düsteren Stimmungstiefs bewahren. Mit ihm möchte der gebildete, vielseitig interessierte FitzRoy von Gentleman zu Gentleman wissenschaftliche Fragen diskutieren. Darwin soll gemeinsam mit ihm in der Kapitänskajüte alle Mahlzeiten einnehmen. Ansonsten hat er keine Pflichten. Er kann nach Lust und Laune Beobachtungen machen. Jede Station, an der die *Beagle* haltmacht, wird einem Naturforscher viele interessante wissenschaftliche Betätigungsfelder bieten. Eine Forschungsreise ohne jegliche Vorgaben. Ein traumhaftes Angebot, das Darwin nur deswegen annehmen kann, weil sein wohlhabender Vater für seine Kosten an Bord aufkommt.

Jemmy Button wurde seiner Familie für einen Perlmuttknopf abgekauft, daher der Name „Button", das englische Wort für Knopf.

Robert FitzRoy

Robert FitzRoy, **1805** in Suffolk, England, geboren, stammt aus einer hoch angesehenen, wohlhabenden, adeligen Familie. Schon als 12-Jähriger besucht er die Königliche Marineakademie in Portsmouth. **1824** beendet er seine Ausbildung zum Kapitänleutnant mit dem besten Ergebnis, das je von einem Offiziersanwärter erreicht wurde. **1828** wird er Kapitän auf der *Beagle*. Nach seiner zweiten, fünf Jahre dauernden Vermessungsreise auf der *Beagle*, bei der Charles Darwin ihn begleitet, wird er mit der Goldmedaille der Royal Geographical Society geehrt. FitzRoy wird Politiker und bringt es **1843** zum Gouverneur von Neuseeland. Zwei Jahre später wird er wegen Unfähigkeit bereits wieder abberufen. Ab **1854** arbeitet er als Chefmeteorologe der Marine. Er beschäftigt sich intensiv mit Wetterbeobachtungen, wagt erste Wettervorhersagen, die in der Zeitung veröffentlicht werden, und baut den ersten Sturmwarndienst an der englischen Küste auf. FitzRoy stirbt **1865** in Northhamptonshire.

Es waren drei Eingeborene von Feuerland, wie wir keine besseren hätten finden können, um sie auszubilden, ihnen Wissen zu vermitteln und Informationen von ihnen zu erhalten.

Robert FitzRoy über die drei Feuerländer

Robert FitzRoy ist ein außergewöhnlicher Charakter: intelligent, großzügig, ein fähiger Befehlshaber, aber auch aufbrausend und launisch und dadurch unberechenbar, wie sich auf der Fahrt noch zeigen wird. Der tiefreligiöse Kapitän verbindet mit der Forschungsreise neben der Vermessung der unbekannten Küsten, seinem offiziellen Auftrag, noch eine für ihn persönlich ungemein wichtige Mission: Er möchte die Fahrt dazu nutzen, den „Wilden" im entlegenen, unwirtlichen Süden des südamerikanischen Kontinents das Trost spendende Licht des Christentums zu bringen. Nach dem Selbstmord seines Vorgängers wurde er damit beauftragt, die *Beagle* als Kapitän zurück nach England zu steuern. Auf dieser Fahrt brachte er von Feuerland vier Eingeborene mit. Einer von ihnen starb direkt nach der Ankunft in Plymouth, die anderen ließ er auf eigene Kosten in England erziehen. Ein Jahr leben sie bei Freunden der kirchlichen Missionsgesellschaft. Die beiden jungen Männer, die York Minster und Jemmy Button getauft wurden, und das inzwischen 12-jährige Mädchen, Fuegia Basket genannt, sollen jetzt, da sie nach FitzRoys Meinung ausreichend zivilisiert worden sind – alle drei stecken in europäischer Kleidung und können etwas Englisch –, gemeinsam mit einem englischen Missionar in ihre Heimat zurückgebracht werden, um unter den Feuerländern das Christentum zu verbreiten.

Und noch einer weiteren privaten Mission soll die Fahrt der *Beagle* dienen. Der hochgewachsene, von seinem Glauben getragene Kapitän hofft inständig, dass Charles auf der Reise beim Erforschen der Natur schlagende Beweise finden wird, um den Schöpfungsbericht der Bibel Wort für Wort zu bestätigen. Denn dieser wird in jüngster Zeit zu FitzRoys Empörung immer wieder angezweifelt. Die Wissenschaft ist zu Beginn des 19. Jahrhunderts in zwei Lager gespalten. Zum einen sind da im christlichen Glauben verwurzelte Wissenschaftler – oftmals Theologen wie Darwin –, die mit ihrer Forschung die Schöpfungsgeschichte nachweisen wollen. Zum anderen gibt es Wissenschaftler, die die Bibel zur Seite schieben

Feuerland

Weil der erste Weltumsegler, der Portugiese Magellan, von seinem Schiff aus die Lagerfeuer der Indianer sah, gab er der Inselgruppe an der Südspitze Südamerikas, die vom Festland durch die Magellanstraße getrennt ist, den Namen „Feuerland". Heute gibt es kaum noch Nachkommen der Ureinwohner. Als nämlich auf Feuerland 1879 Gold gefunden wurde, strömten Europäer auf die Inseln. Sie schleppten Krankheiten ein, an denen die Feuerländer zu Grunde gingen. Darüber hinaus vertrieben und töteten weiße Jäger, die auf der Jagd nach wertvollen Tierhäuten in die Inselwelt vordrangen, die Indianer.

Sintflut

Das Alte Testament erzählt die Geschichte der Sintflut, die alles Leben auf Erden vernichtet. Christliche Naturwissenschaftler gingen bis ins 18. Jahrhundert davon aus, dass es die Sintflut war, die Muscheln und andere Meerestiere auf die hohen Berge gespült habe, auf denen sie, im Stein eingebettet, gefunden wurden. Alle Ablagerungen und auch alle Fossilien seien in den 300 Tagen, die die biblische Sintflut dauerte, entstanden.

und unvoreingenommen zu verstehen versuchen, was die Natur sie lehrt. Ihre Untersuchungen der verschiedenen Gesteinsschichten und anderer geologischer Strukturen bringen sie zu der Erkenntnis, dass die Erde viel älter sein muss, als in der Bibel steht. Diese Wissenschaftler bezweifeln, dass Gott die Erde in sechs Tagen erschaffen hat. Sie zweifeln auch an der Sintflut und halten die biblische Geschichte von der Arche Noah für ein Märchen.

FitzRoy möchte diese Herren Geologen in die Schranken weisen, und Charles soll ihm dabei helfen. Er soll während der Forschungsreise handfeste Beweise für die biblische Sintflut zusammentragen. Für diese Aufgabe ist er genau der richtige Mann: Er hat Theologie studiert, ist fest im Glauben und kennt die Bibel in- und

Die Bibel erzählt, dass Gott die Erde, Tiere und Pflanzen und zum Schluss den Menschen erschuf. Als Gott aber sah, wie böse die Menschen geworden waren, schickte er die Sintflut. Nur Noah und seine Familie fanden Gnade vor seinen Augen. Gott ließ sie eine Arche bauen und von jeder Tierart ein Paar mitnehmen.

Die Reise mit der *Beagle* war das wichtigste Ereignis meines Lebens und hat meine ganze Berufslaufbahn bestimmt.

Charles Darwin in seiner Autobiografie

auswendig. Zudem ist er ein begeisterter Naturforscher. Die mit 245 Büchern gut bestückte Schiffsbibliothek ist für seine Studien auf den neuesten Stand der Wissenschaft gebracht worden.

Die *Beagle* liegt schon zwei Monate abfahrbereit im Hafen, als am 27. Dezember 1831 endlich Wind aus Nordost aufkommt. Die kleine Brigg lichtet den Anker. Mit acht Knoten gleitet sie durch den Ärmelkanal. Dann nimmt sie Kurs Richtung Süden in den offenen Atlantik. Das schwer beladene Schiff wird mit jeder Welle hochgehoben, um dann wieder wuchtig herunterzustürzen, bis die nächste Welle es wieder hebt. Die *Beagle* rollt und stampft. Darwin wird schwer seekrank – ein Leiden, das er bis zum Ende der Reise nicht überwinden kann. Immer wieder kommen Tage, an denen er nichts anderes als ein paar Rosinen bei sich behalten kann. Jede kleine Anstrengung ist dann zu viel. Nur liegend erträgt er das Übel.

Und dennoch ist er keineswegs mutlos. Als wüsste er, dass etwas Großes vor ihm liegt, dass diese Reise das bedeutendste Ereignis in seinem Leben werden wird. Über den Abreisetag hat er wie in einer Vorahnung in einem Brief an FitzRoy geschrieben: „Dann wird mein zweites Leben beginnen, und es wird für den Rest meines Lebens wie ein Geburtstag sein."

2 d

Ein ganz gewöhnlicher Junge

>>> **Charles Darwin erscheint** FitzRoy trotz seiner lästigen Seekrankheit als idealer Reisebegleiter. Er genießt es, sich mit ihm zu unterhalten. Man merkt dem jungen Mann seine gute Herkunft an. Darwin stammt aus einer gebildeten, vielseitig interessierten, wohlhabenden, großen Familie. Seine Mutter Susannah kommt aus der Wedgwood-Familie, die die berühmte Porzellanmanufaktur besitzt, sein Vater Robert ist ein angesehener Arzt.

Unten: Charles liebt Hunde über alles. Sie hören auf ihn oft weit besser als auf ihre Besitzer.

Rechts: Ein Bild von Charles mit seiner Schwester Catherine, daneben ein Teil von Charles' Käfersammlung

Charles kommt am 12. Februar 1809 in Shrewsbury zur Welt. Im Kreis seiner fünf Geschwister hat er eine glückliche Kinderzeit: Die Mutter hat große Freude daran, für die Kinder fröhliche Tänze auf dem Cembalo zu spielen. Die Eltern laden gern und häufig Gäste ein, bei den Darwins ist immer Leben im Haus. Das ändert sich schlagartig, als Charles acht Jahre alt ist. Da stirbt plötzlich seine Mutter. Der Vater ist so traurig, dass es in seiner Gegenwart keiner wagt, den Namen der Mutter zu erwähnen. Bleierne Schwere legt sich über das Haus. In dieser Zeit fängt Charles an, ausgedehnte Spaziergänge zu unternehmen. Er liebt es, Vögel bei der Brutpflege zu beobachten, folgt der Katze auf ihrer Wanderung durchs Revier, verbringt viele Stunden mit seiner Angel am Fluss und wird ein leidenschaftlicher Sammler von aufregenden Dingen, auf die er in der Natur stößt. Mit besonderer Begeisterung sammelt er Käfer.

Eines Tages findet er ein trockenes Stück Baumrinde, das er natürlich sofort zerpflücken muss. Zwei seltene Käfer kommen zum Vorschein. Charles ergreift mit jeder Hand einen. Da entdeckt er einen weiteren Käfer, den er noch gar nicht kennt. Wie soll er den denn jetzt nach Hause tragen? Er steckt einen der Käfer in den Mund und greift nach dem unbekannten Exemplar. Aber da sondert der Käfer in seinem Mund eine ätzende

Nach einer Beratung mit meiner Schwester kam ich zu dem Schluss, dass es nicht recht war, Insekten zu töten, nur um eine Sammlung zustande zu bringen.

Charles Darwin in seiner Autobiografie

Säure ab, die so auf der Zunge brennt, dass Charles das Insekt ausspucken muss. Und das sucht dann, genau wie die beiden anderen Krabbeltiere, so schnell es geht das Weite.

Wie aufregend jede in der Natur verbrachte Stunde für den Jungen ist! Wenn nur die Schule nicht wäre. Mit der kann sich Charles Darwin gar nicht anfreunden. Die reinste Zeitverschwendung! Viel lieber als Hausaufgaben macht er mit seinem älteren Bruder Erasmus in einem alten Geräteschuppen im Garten chemische Experimente. Dort haben sich die Brüder ein Labor mit chemischen Substanzen, Reagenzgläsern und Brennern zugelegt. Wenn es bei ihren Versuchen ordentlich raucht, kracht und stinkt, haben sie ihren Spaß. Charles bekommt von seinen Mitschülern den Spitznamen „Gas“, weil er zeitweise von nichts anderem mehr redet. Darwins Vater schickt den Faulpelz auf ein Internat, aber auch da werden die Zensuren nicht besser. Als sein Onkel Josiah, der Bruder seiner Mutter, ihn öfters mit zur Jagd nimmt, hat er noch ein weiteres Hobby, das ihn vom Lernen ablenkt: Er liebt es, zu schießen, auf alles, was sich bewegt. Besonders auf Vögel, aber auch auf Tontauben. Seine Freunde können in die Luft schleudern, was sie wollen, und sei der Gegenstand auch noch so klein: Charles trifft immer. Die schönste Zeit des Jahres ist für Charles der Herbst, denn da beginnt die Rebhuhnjagd.

Wedgwood

Darwins geschäftstüchtiger Großvater Josiah Wedgwood (1730–1795) hatte großen Erfolg mit seiner Töpferei, seit er seine unglasierten, feinen Steingutwaren mit klassischen Szenen aus der griechischen Sagenwelt verzierte. Die Firma lieferte sogar an die englische Königin und die russische Zarin. Aber auch normale Bürger konnten sich die porzellanähnlichen, feinen Waren leisten. Dank der Porzellanmanufaktur – die es noch heute gibt – kam die Familie Wedgwood zu Reichtum und großem Ansehen.

Das Wort „Chirurg" kommt aus dem Griechischen und bedeutet so viel wie Handwerker. Manch ein Patient starb vor Einführung des Chloroforms während der Operation an den Schmerzen, aber auch mangelnde Hygiene führte häufig zu schweren Komplikationen.

So leidenschaftlich, fast besessen geht Darwin auf die Jagd, dass seinem Vater eines Tages der Kragen platzt: „Außer Schießen, Reiten und Rattenfangen hast du nichts im Kopf; du wirst noch zur Schande für dich und deine ganze Familie!", ruft er verzweifelt aus.

Robert Darwin hat Angst, dass Charles zu einem reichen, verwöhnten Nichtsnutz wird, und meldet ihn mit 16 Jahren kurzerhand zum Medizinstudium an der Universität von Edinburgh an. Doch seine Hoffnung, dass der Sohn eines Tages seine Praxis übernimmt, zerschlägt sich rasch: Charles kann kein Blut sehen. Krankheiten lösen in ihm nicht den Wunsch aus, sie zu heilen, sondern den, sich zu übergeben, so eklig findet er das alles. Und als er dann noch zusehen muss, wie ein Chirurg eine Operation an einem Kind vornimmt, da flieht er Hals über Kopf aus dem Operationssaal. Das Betäubungsmittel Chloroform ist noch unbekannt, und jahrelang verfolgen ihn die markerschütternden Schreie des armen Kindes.

Die älteren Schwestern bringen es dem Vater schonend bei: Aus Charles wird beim besten Willen kein Mediziner. Seufzend willigt Robert Darwin ein, dass Charles dann eben, in Gottes Namen,

Chirurgie

Erst ab 1846 setzte man während eines chirurgischen Eingriffs Äther zur Betäubung ein, ab 1847 auch Chloroform. Bis dahin erlebten Patienten bei vollem Bewusstsein, wenn der Operateur ihnen ins Fleisch schnitt oder Knochen durchtrennte. Operateure mussten möglichst schnell arbeiten. Ein Bein wurde in knapp 30 Sekunden amputiert.

Oben: Charles Darwins Studienkarte von der schottischen Universität Edinburgh

Unten: Das Christ College in Cambridge, an dem Charles Theologie studiert

Darwins Großvater

Charles Darwins Großvater Erasmus Darwin (1731–1802) war Arzt, Naturwissenschaftler, Schriftsteller und Erfinder. Er interessierte sich für Physik, Chemie, Botanik und Geologie. Sein bekanntestes Werk ist das naturwissenschaftliche Buch *Zoonomia,* in dem er sich auch mit Fragen der Evolution auseinandersetzt. Als Erfinder machte er Skizzen von Raketenantrieben, Wasserklosetts, Kutschen und vielem mehr.

Theologie studieren soll. Landpfarrer – das wäre sicher das Richtige für seinen Sohn. Sonntags müsste er die Messe lesen, aber an den übrigen Tagen der Woche könnte er nach Lust und Laune auf die Jagd gehen und, wenn es denn sein muss, auch Käfer sammeln.

Charles ist einverstanden. Im Frühjahr 1828 geht er nach Cambridge und nimmt das Studium der Theologie auf. Weitaus mehr Zeit als den Bibelseminaren widmet er jedoch den Naturwissenschaften. Wie ein Schwamm saugt er alles auf, was der bekannte Botanikprofessor John Stevens Henslow lehrt. Charles unternimmt zahlreiche Exkursionen mit dem vielseitig interessierten Mann, sucht, sooft es nur geht, das Gespräch mit dem Professor, unternimmt lange Spaziergänge mit ihm, bei denen er Henslow Löcher in den Bauch fragt. Was die Natur angeht, kennt sein Wissensdurst keine Grenzen. Bald ist Charles in Cambridge als der Student bekannt, „der mit Henslow spazieren geht". Von Henslow erhält er eine solide naturwissenschaftliche Ausbildung. Charles versteht es meisterhaft, genaue Beobachtungen zu machen und sie wissenschaftlich korrekt zu beschreiben. Auch das Handwerkszeug eines Biologen beherrscht er bald vorbildlich:

Lieber Darwin – ich wurde gebeten, Kapitän FitzRoy einen Naturwissenschaftler zu empfehlen (...) Ich denke, dass Sie genau der Mann sind, nach dem sie suchen.

John Stevens Henslow in seinem Brief an Charles Darwin

Der Vater sagt nein!

Seine Einwände gegen die Reise:

- eine nutzlose Unternehmung, ein wüstes Vorhaben
- ungeeignet für die Bildung des Charakters eines Geistlichen
- Charles wird nach der unruhigen Reise nicht wieder sesshaft werden
- zum dritten Mal ist Charles dabei, seinen Beruf zu wechseln
- die Unterbringung an Bord ist extrem unbequem
- bestimmt hat man die Reise auch anderen, erfahreneren Naturwissenschaftlern angeboten. Dass sie abgelehnt haben, ist ein Hinweis darauf, dass etwas mit dem Forschungsschiff oder der Expedition nicht stimmt.

das Mikroskopieren, das Botanisieren – also das Trocknen und Pressen der Pflanzen, das Präparieren – das Ausstopfen und Reparieren von Vögeln und anderen kleineren Lebewesen –, das Konservieren, das zumeist durch Haltbarmachen in Alkohol geschieht, und vieles mehr. All diese Handfertigkeiten machen ihm großen Spaß, und er arbeitet mit echtem Ehrgeiz, um möglichst gute Resultate zu erhalten.

Und so ist es dann auch kein Wunder, dass Henslow seinen Lieblingsschüler Charles vorschlägt, als er im Sommer 1831 gefragt wird, wer sich denn am besten dafür eigne, Kapitän FitzRoy auf seiner Reise mit der *Beagle* zu begleiten.

Charles ist begeistert. Er hat gerade sein Theologiestudium abgeschlossen, und nach einer Pfarrstelle hat er sich noch nicht umgesehen. Aber die Kirche kann warten. Jetzt bietet sich ihm erst einmal die Gelegenheit zu einer Weltumsegelung! Er galoppiert nach Hause zu seinem Vater, um sich sein Einverständnis zu holen.

Mein lieber Vater, ich muss noch einmal erklären, dass ich mir nicht denken kann, nach der Reise wäre ich verdorben für ein sesshaftes Leben.

Charles Darwin in einem Brief an seinen Vater, 31. August 1831

Darwins Vater Robert, ein angesehener Arzt, ist so schwer, dass sein Kutscher die Stabilität des Fußbodens überprüfen muss, bevor Dr. Darwin ein Haus für einen Krankenbesuch betreten kann.

Mein lieber Sir, mein Vater hat seine Meinung geändert. Ich vertraue darauf, dass mein Platz noch nicht vergeben ist.

Charles Darwin in einer Notiz an Kapitän FitzRoy

Charles' Freund Albert Way, selbst ein begeisterter Käfersammler, nimmt Darwins Sammelleidenschaft mit dieser Karikatur auf die Schippe.

Robert Darwin hat seit dem Tod seiner Frau enorm an Gewicht zugelegt. Man musste aus dem Esszimmertisch eine halbrunde Ausbuchtung heraussägen, damit der fast zwei Meter große, 150 Kilogramm schwere Koloss an seinen Teller reichen kann. Und was sagt der respekteinflößende Vater zu diesem fantastischen Angebot? Statt sich für seinen Sohn zu freuen und ihm zu gratulieren, legt er sein Gesicht in Falten und sagt mit großer Entschiedenheit nein. Er verlangt, dass Charles endlich den Ernst des Lebens begreift, statt um die Welt zu gondeln und nach Schmetterlingen zu haschen. Er soll jetzt Geistlicher werden, wie ausgemacht. Das Gespräch ist zu Ende. Der Vater erhebt sich. Im Hinausgehen sagt er: „Wenn du irgendeinen Mann mit gesundem Menschenverstand findest, der dir rät, die Reise anzutreten, dann werde ich einverstanden sein." Schweren Herzens sagt Charles die Reise ab.

Aber die Sache lässt ihm keine Ruhe. Plötzlich weiß er ganz genau, was er will. Die *Beagle* soll nicht ohne ihn fahren, er muss diese Chance einfach nutzen! Charles fängt an – vielleicht zum ersten Mal in seinem Leben – für etwas zu kämpfen. Er schreibt einen leidenschaftlichen Brief an seinen Vater, und sein geliebter Onkel und Jagdfreund Josiah, den sein Vater über alles schätzt, unterstützt ihn in seinen Plänen. Am Ende darf er dann doch gehen.

Wenn diese Fahrt nicht gewesen wäre, vielleicht wäre Charles Darwin dann nie Wissenschaftler geworden, sondern Pfarrer. So ist es wohl diesem Zufall zu verdanken, dass er durch seine Forschungsarbeit das festgefügte Weltbild des christlichen Glaubens ins Wanken brachte, statt als Geistlicher zu einem stützenden Pfeiler der Kirche zu werden.

3 Wunder des Regenwaldes

Zu Beginn der Reise glaubt Darwin noch fest an die Aussagen der Bibel. Manchmal müssen die Offiziere an Bord der *Beagle* über ihn schmunzeln, so oft zitiert er die Heilige Schrift. Der junge Geistliche hat keinerlei Zweifel, dass die Erschaffung der Welt genau so vonstatten ging, wie es die Bibel lehrt. Natürlich weiß er, dass es Gelehrte gibt, die anderer Ansicht sind. So etwa Adam Sedgwick, Professor der Geologie in Cambridge, der Darwin fast so stark beeinflusst hat wie Henslow. Noch radikalere Ansichten hat der bekannte Geologieprofessor Charles Lyell. Professor Henslow hatte Darwin empfohlen, dessen neuestes Buch *Grundlagen der Geologie* zu lesen, ihn aber gleichzeitig eindringlich davor gewarnt, sich Lyells unchristliche Gedanken anzueignen. Während der ersten drei Wochen der Fahrt, in denen Charles durch die Seekrankheit gezwungen ist zu liegen, ackert er Lyells Buch durch. Der wissensdurstige junge Mann findet es faszinierend, sich mit neuen Gedanken zu beschäftigen, und seien sie auch noch so abwegig. Und neu sind Lyells Gedanken in der Tat – das Buch riecht sogar noch nach Druckerschwärze.

Charles Lyell ist eigentlich Jurist und kommt erst über Umwege zur Geologie. 1831 übernimmt er eine Professur als Geologe am King's College in London.

Charles Lyell

Der schottische Geologe Sir Charles Lyell (1797–1875) gilt als Vater der modernen Geologie. In seinen Epoche machenden Büchern *Principles of Geology* und *Elements of Geology* (auf Deutsch: *Lehrbuch der Geologie*) erklärt der Professor den Bau der festen Erdkruste. Indem er entgegen der Meinung seiner Zeit nachwies, dass die Erde älter als 6000 Jahre ist – das genaue Schöpfungsdatum der Erde hatte Bischof James Ussher im 17. Jahrhundert mit 4004 v. Chr. berechnet –, und verdeutlichte, dass sie durch sich stetig wiederholende geologische Vorgänge wie Erdbeben und Vulkanausbrüche geformt wurde, bereitete er den Boden für Darwins Forschungsarbeit. Zur Prüfung seiner Theorien unternimmt Lyell Reisen durch Deutschland, Frankreich, Spanien, Italien, die Schweiz, Skandinavien und Nordamerika.

Es war ein glorreicher Tag für mich, wie für einen Blinden, dem die Augen geöffnet wurden. Er ist überwältigt von dem, was er sieht, und kann es nicht richtig begreifen.

Charles Darwin

Der Vulkan Pico de Fogo ist mit seinen 2839 Metern die höchste Erhebung auf den Kapverdischen Inseln. Das portugiesische Wort *fogo* bedeutet Feuer. Der Vulkan ist bis heute aktiv: Zuletzt brach er 1995 aus.

Charles Lyell behauptet in diesem Werk, dass die Erde durch eben die Erscheinungen geformt wurde, die man auch heute noch beobachten kann: durch Erosion, also die Abtragung der Erdoberfläche durch Wind, Wasser und Eis, durch Ablagerungen von Schichten in Ozeanen und anderen Gewässern, durch Vulkanausbrüche und Erdbeben. Die Ausformung der Erdoberfläche kommt seiner Meinung nach nicht – wie in der Bibel steht – durch Gottes sechstägigen Schöpfungsakt oder durch eine einzelne Katastrophe wie die Sintflut zustande, sondern sie ist das Ergebnis eines allmählichen, sich über unendlich lange Zeiträume vollziehenden Wandlungsprozesses. Sollte Lyell mit seiner Theorie Recht haben, müsste Darwin die Spuren der Zeit auch auf den Kapverdischen Inseln, der ersten Station, die die *Beagle* ansteuert, ablesen können. Sollte er falsch liegen, müsste es möglich sein, den Mann zu widerlegen. Darwins Ehrgeiz ist erwacht. Neugierig betritt er die Insel Santiago.

Innerhalb nur eines Tages erfasst Darwin, dass Lyell mit all seinen Vermutungen richtig liegt. Der Beweis liegt direkt da, in der

Natur, vor seinen Augen. Die Kapverdischen Inseln sind vulkanischen Ursprungs. Vor tausenden von Jahren hat sich ein Lavastrom über den Meeresboden mit seinen fein gemahlenen Muschelschalen und Korallen ergossen und diese lose Schicht zu einer festen Gesteinsmasse zusammengebacken. Im Laufe der Zeit ist die Insel emporgehoben worden. Ganz deutlich kann man die zu unterschiedlichen Zeiten abgelagerten Schichten wie bei einer aus mehreren Lagen bestehenden Torte voneinander unterscheiden. Wohin Darwin auch schaut, alles zeugt von langen Prozessen der Veränderung, die noch längst nicht abgeschlossen sind. Nach seiner Rückkehr nach England will er Lyell unbedingt kennen lernen. Was für ein brillanter Wissenschaftler! Schon nach dem ersten Tag auf Santiago ist Darwin ein anderer geworden. Als seien ihm die Augen geöffnet worden.

Drei Wochen hat Darwin Zeit, sich auf der Insel umzuschauen, während FitzRoy seiner Vermessungsarbeit nachgeht. Er sammelt unzählige Musterexemplare von allen möglichen Tierarten: Vögel, Insekten, Reptilien, Fische, Säugetiere. Fasziniert beobachtet er das Verhalten der Tiere. Auf Santiago stakst er stundenlang durchs Wasser, um die Tintenfische zu beobachten. Während er – den Kopf ganz dicht über der Oberfläche – nach den Meeresbewohnern Ausschau hält, wird er mehr als einmal überraschend von einem kraftvollen Wasserstrahl im Gesicht getroffen. So verteidigt der Tintenfisch sein Versteck. Darwin stellt fest, dass Tintenfische erstaunlich gut zielen können.

Am 8. Februar segeln sie vor dem Passatwind nach Südamerika weiter. Darwin leidet in den

Unten links: Blick vom Monte Verde, dem höchsten Berg der Kapverdischen Insel San Vicente. „Es liegt Größe in einer solchen Landschaft, und für mich birgt sie das unaussprechliche Vergnügen, auf einer wilden, verlassenen Insel in der Tropensonne zu wandern", schreibt Darwin.

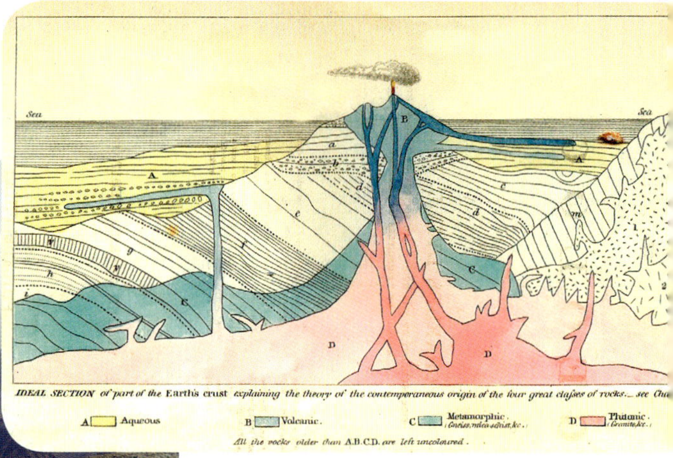

Unten: „Die Gegenwart ist der Schlüssel zur Vergangenheit" – mit diesem Gedanken beeinflusst der Geologe Charles Lyell Darwins wissenschaftliches Denken stark. Hier die Auftaktseite aus Lyells bedeutendem Buch *Grundlagen der Geologie*

Diese Insel hat mir so viele Einsichten, aber auch so viel Freude vermittelt. Meine Sammlungen nehmen wunderbar an Umfang zu.

Charles Darwin in seinem Tagebuch

Darwin gibt sich äußerste Mühe bei der Formulierung seiner Aufzeichnungen. Größere Abschnitte seines Tagebuchs werden in regelmäßigen Abständen als Briefe an seine Familie nach England geschickt.

tropischen Gewässern weniger unter der Seekrankheit. Er fischt mit einem langen Netz Plankton und andere kleine Meeresbewohner aus dem Wasser und untersucht all seine Funde in seiner engen Kajüte. Übers Mikroskop gebeugt, vor sich seine Notizbücher, in jeder Ecke des kleinen Raumes Gläser mit in Alkohol eingelegten Schlangen, Behälter mit Käfern, mit Schmetterlingen, mit anderen Insekten, ein Mann, der versucht, eine ihm fremde, rätselhafte Natur zu verstehen, und der darüber die Zeit vergisst – so erlebt die Schiffsbesatzung den jungen Forscher.

20 Tagesreisen weiter gehen sie in Salvador in Brasilien erneut an Land. Zum ersten Mal wandert Charles durch einen tropischen Wald. Er staunt über die ungeheure Artenvielfalt an Pflanzen und Tieren. Die lichtdurchströmte Schönheit des Waldes, die unglaubliche Farbenpracht – Darwin ist tief erfüllt von den großen und kleinen Wundern, die ihn umgeben. Vor Freude über all die Herrlichkeiten, die er sieht, weiß er gar nicht, welche Dinge er zuerst unter die Lupe nehmen soll.

Tagtäglich zieht es Darwin in die Märchenwelt des tropischen Regenwaldes. In sein Tagebuch schreibt er: „Die brasilianische Landschaft ist nichts mehr und nichts weniger als ein Blick in tausend und eine Nacht."

Entzücken ist nur ein schwacher Ausdruck, um die Empfindungen eines Naturforschers auszudrücken, der zum ersten Mal allein durch einen brasilianischen Wald gewandert ist.

Charles Darwin in seinem Tagebuch

Eine Beobachtung macht auf den Naturwissenschaftler besonderen Eindruck: Im Dämmerdunkel des Regenwaldes geht es scheinbar vor allem ums Fressen und Gefressenwerden. Die Schwachen müssen sich geschickt tarnen, wollen sie überleben. Darwin sammelt Käfer in der Farbe von giftigen Früchten, die nur deshalb eine Chance haben, nicht als Vogelfutter zu enden, weil die Vögel sie verschmähen. Er macht eine Gespenstschrecke aus, die man kaum von dem trockenen Holz unterscheiden kann, auf dem sie sich gern niederlässt. Er entdeckt Insekten, die wie verwelkte Blumen aussehen, und harmlose Nachtfalter, die das Aussehen von giftigen Skorpionen imitieren.

Darwin fragt sich verwundert, wie das möglich ist, diese ungeheure Vielfalt an Pflanzen und Tieren, ihr fein abgestimmtes Zusammenspiel. Doch findet er kaum Zeit, über all seine Beobachtungen in Ruhe nachzudenken.

In Brasilien begegnet er neben all der Schönheit der Natur aber auch Hässlichem. Seiner Ansicht nach dem Hässlichsten, das Menschen einander antun können: der Sklaverei. Darwin kann es kaum

Als Darwin zum ersten Mal den Dschungel sieht, notiert er in sein Reisetagebuch: „Ich musste sehr an die Zeichnungen von Johann Moritz Rugendas denken. Sie zeigen sehr schön die zahllosen Lianen & parasitischen Pflanzen & den Kontrast zwischen blühenden Bäumen und toten & verrottenden Bäumen." Die Abbildung oben zeigt einen solchen Stich von Rugenda, der Darwin besonders beeindruckte, auf der Abbildung unten ist eine Gespenstschrecke zu sehen.

Sklaverei

Millionen Menschen wurden in Afrika gefangen genommen und auf Plantagen in Nord- und Südamerika versklavt. Ende des 18. Jahrhunderts setzten sich in England viele Menschen dafür ein, dass der Sklavenhandel verboten wurde. Auch Charles Darwins Großväter engagierten sich in der Gesellschaft zur Abschaffung der Sklaverei. 400 000 Unterschriften wurden gesammelt, und am 25. März 1807 verbot die englische Regierung den Sklavenhandel. 1834 wurden alle Sklaven im britischen Kolonialreich für frei erklärt. Danach nahm die britische Regierung Einfluss auf andere Länder, dass auch sie dem Übel der Sklaverei ein Ende bereiteten.

ertragen, zu sehen, wie schlecht die Sklaven behandelt werden. Anders Kapitän FitzRoy. Er behauptet während einer ihrer gemeinsamen Mahlzeiten, dass es den Sklaven in Brasilien doch ausgesprochen gut gehe. Der Kapitän erzählt dem jungen Naturforscher, er sei gerade zu Besuch bei einem Plantagenbesitzer gewesen. Der habe all seine Sklaven zusammengerufen und sie gefragt, ob sie gerne ihre Freiheit wiederhätten. „Und“, ruft FitzRoy triumphierend aus, „alle haben mit nein geantwortet!“

Darwin platzt fast vor Empörung. „Sie glauben doch nicht im Ernst, dass Sie von den Sklaven in Gegenwart ihres Herrn eine ehrliche Antwort bekommen!“, sagt er mit leichter Schärfe.

Kapitän FitzRoy bekommt einen Wutanfall. Er kann Widerspruch einfach nicht ertragen. Er befiehlt Darwin, das Schiff augenblicklich zu verlassen. Wenn Darwin die Worte des Kapitäns in Zweifel ziehe, dann habe er an Bord nichts mehr zu suchen. Darwin bleibt bei seiner Meinung und richtet sich auf das Ende seiner Reise auf der *Beagle* ein. Aber wenige Stunden später entschuldigt sich FitzRoy, und die Sache renkt sich wieder ein. Darwin hat seine Lektion gelernt. Er geht mit FitzRoy, genau wie alle anderen an Bord, nur noch mit äußerster Vorsicht um. Besonders morgens muss man sich vor dem Kapitän in Acht nehmen. Dann läuft er übellaunig über Deck und sucht geradezu Streit.

Es geht weiter südwärts. Die drei Feuerländer scheinen zu spüren, dass sie bald bei ihren Familien sein werden. Sie gehen jetzt häufig an Deck und starren auf die See hinaus. FitzRoy betet aus tiefstem Herzen dafür, dass in den drei Menschen von der Südspitze Südamerikas die Flamme des christlichen Glaubens nie mehr erlischt. Er setzt große Hoffnung in sie. Sie sollen ihr Volk zu Gott bekehren.

Millionen Menschen aus Afrika werden nach Brasilien verschleppt, um dort unter mörderischen Bedingungen auf den Baumwoll- und Zuckerrohrplantagen der Weißen zu arbeiten.

4

Feuerland und Galapagosinseln

>>> **Der nächste Ankerplatz** der *Beagle* ist Rio de Janeiro. Kapitän FitzRoy fährt gewissenhaft mit seiner Vermessungsarbeit fort. Zwei Monate hat Darwin Zeit, ausgedehnte Ausflüge ins Landesinnere zu unternehmen. Er macht Experimente mit Fröschen, untersucht Spinnennetze, füttert Glühwürmchen mit rohem Fleisch, bringt Ameisenarmeen in Aufruhr, um ihre Verteidigungsstrategien zu beobachten.

Mit großem Eifer hält Charles all seine Beobachtungen in seinen Notizbüchern fest. Fast 800 Seiten wird später das Buch umfassen, das er über seine Naturbeobachtungen während der Reise mit der *Beagle* schreibt.

Darwin sammelt und sammelt. Unermüdlich ist er. Er packt alle interessanten Funde in Kisten und schickt diese nach England zu Professor Henslow. Nicht alles kommt heil an. Bei einigen exotischen Vögeln knicken die Schwanzfedern, das Prachtexemplar einer Krabbe verliert ihre Scheren, zwei Mäuse vermodern während der Überfahrt, aber von den tausenden von Exemplaren, die die Reise unbeschadet überstehen, ist Henslow begeistert. „Ich glaube,

? Post

Darwins Briefe und Fundstücke wurden mit Kriegsschiffen der britischen Marine in die Heimat gebracht. Eine öffentliche Post, die Briefe um die ganze Welt befördert hätte, gab es zu Darwins Zeit noch nicht. Kein Brief und auch keine einzige Kiste mit Präparaten ging verloren.

Die Küste von Feuerland vom Beagle-Kanal aus fotografiert. Der Kanal wurde von Kapitän FitzRoy nach dem Forschungsschiff *Beagle* benannt.

Sie haben Wunder gewirkt!“, schreibt er seinem Lieblingsschüler beglückt zurück.

Was Darwin nicht weiß: Sein alter Professor liest Darwins Briefe auf Zusammenkünften hochrangiger Wissenschaftler vor, gibt zehn besonders bemerkenswerte Briefe als Buch heraus. Mit jedem Kilometer, den Darwin zurücklegt, mit jedem Brief und jeder neuen Kiste wächst in der Heimat sein Ruf als Naturwissenschaftler.

Am 5. Juli 1832 bricht die *Beagle* von Rio in Richtung Süden nach Patagonien und Feuerland auf. Nur wenige Küstenabschnitte dieser Regionen an der Spitze Südamerikas sind auf der letzten Fahrt der *Beagle* unter Pringle Stokes vermessen worden. Das Land und seine Bewohner sind so gut wie unerforscht. Die Temperaturen sinken. Wale tauchen neben dem Schiff auf und blasen ihre gewaltigen Fontänen in die Höhe. Das Schiff gleitet mit vollen Segeln südwärts. Mehr als hundert Delfine kommen in ihre Nähe, umringen das Boot und verschwinden wieder. Als sie in die Mündung des Flusses La Plata einfahren, wird die *Beagle* ein gutes Stück weit von Seelöwen und Pinguinen begleitet.

Darwin stößt am Strand von Punta Alta auf die versteinerten Knochen ausgestorbener Riesentiere.

Am 7. September 1832 laufen sie die 400 Meilen südlich von Buenos Aires gelegene Küste von Patagonien an. Eine öde, sturmgepeitschte, trockene Landschaft empfängt sie. Armeen von Krabben laufen über den felsigen Strand. Während Kapitän FitzRoy mit der Vermessung der patagonischen Küstenlinie und Feuerlands beginnt, geht Darwin mit seinem Geologenhammer in der Bucht von Punta Alta an Land. Er untersucht einen flachen Damm, vier Meter hoch, aus Kies zusammengesetzt und mit einer schmutzigrötlichen Tonschicht durchzogen. Er hofft schon die ganze Zeit darauf, in Südamerika auf Fossilien zu stoßen, von deren Existens er durch Lyells Bücher weiß. Vorsichtig bearbeitet er das Gestein. Inzwischen hat er einen Gehilfen eingestellt: Syms Covington, der hilft ihm bei der Plackerei. Und die beiden Männer haben unvorstellbares Glück: Nur kurze Zeit dauert es, da stoßen sie auf ein paar gewaltige, zu Stein gewordene Klauen, dann auf einen Eckzahn. Charles legt einen nilpferdähnlichen Schädel frei, als Nächs-

Sie können sich nicht vorstellen, welch großes, habgierähnliches Vergnügen ich empfinde, wenn ich ein Tier untersuche, das sich weitgehend von jeder bekannten Art unterscheidet.

Charles Darwin in einem Brief an Professor Henslow

tes einen schuppigen Rückenschild. Hier liegen mehrere Tiere aus einer Zeit begraben, die vor Ewigkeiten untergegangen ist. Darwin arbeitet fieberhaft weiter, gönnt sich in den nächsten 24 Stunden kaum eine Pause. Als er die von dicken Muschelschichten bedeckten Knochen am Strand zusammengetragen hat, fragt er sich, auf welche Tiere er hier gestoßen sein mag. Alle Knochen, die er ausgräbt, sind größer als die jedes vergleichbaren Tieres, das er kennt. Er ordnet die Knochen auf verschiedene Weise immer neu an, und schließlich fügen sie sich wie in einem gigantischen Puzzle zusammen. Ein Tier kann er tatsächlich sofort identifizieren: ein Megatherium, ein sechs Meter langes Riesenfaultier, das in der Eiszeit gelebt hat und sich von Pflanzen ernährte. Wenn Professor Henslow wüsste, auf was sein Schüler da gestoßen ist, er wäre überwältigt.

Die Überreste von insgesamt sechs gigantisch großen Kreaturen kommen zum Vorschein. Sie ähneln Tieren, die in kleinerer Form noch heute die Erde bevölkern: Nilpferd, Gürteltier, Lama. FitzRoy und Darwin diskutieren sich darüber die Köpfe heiß. FitzRoy vermutet, dass diese monströsen Wesen deswegen nicht mehr existieren, weil es auf der Arche schlichtweg keinen Platz für sie gab und sie daher bedauerlicherweise aussterben mussten. Was hält Darwin von dieser Erklärung? Darwin antwortet nicht. Er ist in tiefe Grübeleien versunken.

Kurze Zeit später macht der junge Forscher den wahrscheinlich aufregendsten Fund der Reise: Er entdeckt die versteinerten Überreste eines ausgestorbenen Pferdes.

Als die Spanier im 16. Jahrhundert nach Südamerika kamen, war das Pferd dort unbekannt. Die spanischen Eroberer brachten in der folgenden Zeit auf ihren Schiffen Pferde nach Amerika; einige von ihnen verwilderten und vermehrten sich rasch. Und jetzt hält Darwin den Beweis in Händen, dass es vor den Spaniern, in einer Zeit lange vor der unseren, bereits Pferde auf dem amerikanischen Kontinent gegeben hat. Doch Darwins Fund sieht ganz anders aus als die Skelette heutiger Pferde. Bedeutet das, dass sich Tierarten

Fossilien

Erst Anfang des 19. Jahrhunderts – als Darwin noch ein Schuljunge ist – beginnen Wissenschaftler in versteinerten Knochen die Überreste von Tieren zu sehen, die tatsächlich einmal auf der Erde gelebt haben. Bis dahin hielt man die monströsen Knochenfunde der Urzeittiere für zu Stein erstarrte Fabelwesen oder für eine von Gott geschaffene Dekoration des Inneren der Erde. Der Schweizer Fossiliensammler Johann Scheuchzer (1672–1733), bekanntester Vertreter der sogenannten Sintfluttheorie, glaubte sogar, dass ein Fund „das knöcherne Skelett eines jener schändlichen Menschen war", deren Sünden die Sintflut verursacht hatten. Tatsächlich war es ein Riesensalamander. Geologen wie Charles Lyell konnten anhand der Fossilien, die sie in einer Gesteinsschicht fanden, das relative Alter des Gesteins bestimmen.

Links: Das Megatherium war ein bis zu 4 Meter großes Riesenfaultier. Es lebte in Südamerika und starb vor etwa 11 700 Jahren aus.

Rechts: Ein argentinischer Gaucho geht mit einer Bola in der Pampa auf Straußenjagd. Als Darwin diese Schleuderwaffe einmal selbst ausprobiert, reißt es ihn vom Pferd.

verändern können? Gott hat doch die Tiere und auch den Menschen in der Form erschaffen, in der wir sie heute kennen? Diese unumstößliche Wahrheit wird auch an der ehrwürdigen Universität Cambridge gelehrt. Ist das falsch? Gab es möglicherweise eine Entwicklung hin zu den heutigen Arten?

Wie entstand das Leben auf der Erde? Wie erlischt es wieder? Und: Entstehen etwa auch heute noch immer neue Arten?

Darwin bräuchte Zeit zum Nachdenken. Dann käme er dem Rätsel vielleicht auf die Spur. Aber das Nachdenken muss warten. Die Reise geht weiter. Südwärts, immer noch südwärts. Darwin lässt die urzeitlichen Knochen in Kisten an Bord bringen.

FitzRoys Feuerländer werden immer aufgeregter. Der Kapitän der *Beagle* bringt sie Meile für Meile ihrer Heimat entgegen. 22 Chronometer ticken an der Wand der Kapitänskajüte. Die besten Geräte, die man für Geld kaufen kann, hat FitzRoy angeschafft.

Chronometer

Um die Position auf dem offenen Meer orten zu können, muss man den Längen- und den Breitengrad kennen, auf dessen Schnittstelle man sich gerade befindet. In früheren Zeiten kamen zahllose Schiffe deswegen vom Kurs ab, weil es ihnen nicht möglich war, den Längengrad zu bestimmen. Um auf See die exakte geographische Länge bestimmen zu können, braucht man sehr genau gehende Uhren, Chronometer genannt. Der englische Tischler John Harrison (1693–1776) schuf als Erster Uhren, die so genau gingen, dass man mit ihrer Hilfe überall auf der Welt den Längengrad exakt errechnen konnte. FitzRoys Plan auf dieser Forschungsreise war es auch, Chronometer bei der Berechnung der Längengrade systematisch zu testen.

Unten: 18 750 Pfund Preisgeld – nach heutiger Rechnung etwa 3,5 Millionen Euro – erhielt John Harrison für den Bau seiner Chronometer. Die bis dahin schwierige genaue Bestimmung des Längengrades konnte damit gelöst werden – ein bahnbrechender Erfolg für die Seefahrt.

Einen guten Teil der Kosten für die Präzisionsinstrumente hat er aus eigener Tasche bezahlt. Sie sollen nicht Gefahr laufen, vom Kurs abzukommen. FitzRoy ist ein großzügiger Mensch. Wenn ihm etwas am Herzen liegt, dann setzt er sich dafür ein, koste es, was es wolle. York Minster, Jemmy Button und Fuegia Basket sollen ihre Heimat erreichen. FitzRoy hat für diese Menschen getan, was er nur konnte, hat sie auf seine Kosten nach England geholt und dort für ihren Aufenthalt, ihre Kleidung und ihre Unterweisung in der englischen Sprache und der christlichen Lehre bezahlt. Hat er genug für sie getan? Wird es ihnen möglich sein, ihre Landsleute zum Christentum zu bekehren? Dann hätte FitzRoys Leben einen tieferen Sinn erhalten.

Auch Darwin ist gespannt, wie FitzRoys Experiment mit den „Wilden" ausgehen wird.

Am 16. Dezember 1832 ist es so weit. Fast ein Jahr hat die Heimreise der jungen Feuerländer bereits gedauert, als die *Beagle* schließlich die Ostküste Feuerlands erreicht. Doch das Wetter schlägt um, es gibt keine geschützte Bucht, in die sie einfahren können. Die kleine Brigg muss die gefährliche Umrundung Kap Hoorns in Angriff nehmen, die meistgefürchtete Schifffahrtsroute der Welt. Viele tausend Seeleute haben auf dem größten Schiffsfriedhof der Erde ihr nasses Grab gefunden. Bei der Umrundung Kap Hoorns entfaltet Kapitän FitzRoy sein ganzes seemännisches Können. Gewaltige Wassermassen überfluten das Deck und reißen eines der Beiboote mit sich. Einmal legt sich die *Beagle* auf die Seite, erst kurz vorm Kentern richtet sie sich wieder auf. Nach stundenlangem Kreuzen bei schlechter Sicht, immer in Gefahr, mit einem Eisberg zusammenzustoßen, bringt FitzRoy die *Beagle* schließlich sicher durch. Sie fahren nach erfolgreicher Umrundung Kap Hoorns in einen von gewaltigen Gletschern umgebenen Kanal ein und ankern in einer geschützten Bucht. Ein heftiger Sturm tobt, aber hier sind sie sicher. Sie sind am Ziel. Von dieser unwirtlichen Küste stammen die drei Feuerländer an Bord.

Gleich am nächsten Morgen kommen die ersten Feuerländer zum Schiff. Sie tragen nichts weiter als ein über die Schulter geworfenes Fell. Filzig sind ihre langen Haare. Von oben bis unten sind sie mit Fett, Farbe und Holzkohle eingerieben. Das schützt die Haut vor der Kälte, wirkt auf die Engländer aber fremd und abstoßend. Ihre Sprache klingt für europäische Ohren wie ein heiseres Räuspern.

Rechts: Kapitän FitzRoy liest der Mannschaft jeden Sonntag aus der Bibel vor. FitzRoy fühlt sich nicht nur als Kapitän für die Mannschaft verantwortlich.

Ich hätte nicht geglaubt, wie vollständig der Unterschied zwischen wilden und zivilisierten Menschen ist: Er ist größer als zwischen wildem und domestiziertem Tier.

Charles Darwin in seinem Tagebuch

Dieses Bild stammt von Conrad Martens, dem Expeditionsmaler der *Beagle*. Es zeigt das Schiff in den Gewässern Feuerlands. Martens und Darwin blieben auch nach der Reise freundschaftlich verbunden.

Darwin beobachtet alles mit dem wachen Interesse eines Wissenschaftlers. Ihm wird bewusst, wie unterschiedlich Menschen sein können. Wie anders sind diese den Naturgewalten trotzenden Menschen im Vergleich zu seinen zivilisierten, gebildeten Schwestern. Was wären sie ohne ihr schönes Haus und ihre Kleider, ohne Bücher, Musik und all die anderen Dinge der Zivilisation? Was wäre, wenn man Menschen überhaupt nicht „zivilisieren" würde? Dann würde der Blick auf die eigentliche Natur des Menschen frei. Wie bei den Feuerländern. Diese in der Wildnis lebenden Menschen erinnern an Tiere, notiert Darwin irritiert in seinem Tagebuch. Wie ein Schock ist die Begegnung mit den Feuerländern für ihn. Und plötzlich erscheint es ihm gar nicht so abwegig, dass der Mensch nicht die Krone der Schöpfung, sondern Teil des Tierreiches ist, von den Tieren abstammt.

Darwin muss diese Gedanken vor FitzRoy wie ein Geheimnis hüten, denn sie stellen in Frage, dass der Mensch von Gott nach dessen Ebenbild geschaffen wurde. FitzRoy wäre außer sich, wüsste er von diesen Überlegungen. Später, wenn die Reise hinter ihm liegt, will Darwin weiter darüber nachdenken.

Ich hoffe, dass Jemmy so glücklich wird, als hätte er sein Land nie verlassen.

Charles Darwin in seinem Notizbuch

Jetzt gilt es erst einmal, die erste christliche Missionsstation auf Feuerland zu errichten.

Kapitän FitzRoy lässt drei Hütten bauen und einen Gemüsegarten anlegen. Kartoffeln, Möhren, Rüben, Erbsen, Bohnen, Salat, Zwiebeln, Lauch und Kohl werden ausgesät. Inzwischen sind fast dreihundert Feuerländer von weither zusammengekommen und schauen neugierig dem Treiben zu, auch die Familie von Jemmy Button ist darunter. Der als 15-Jähriger von FitzRoy „adoptierte" Feuerländer hat seine Muttersprache vergessen, hilflos steht er in weißem Hemd, Weste und hohen Schnürstiefeln vor seinen nackten Angehörigen und murmelt englische Satzfetzen. Schreiend laufen die Frauen vor ihm davon. FitzRoy entschließt sich, der Familie Zeit zu lassen, wieder zusammenzufinden, und begibt sich mit Darwin auf eine Erkundungstour in die Gletscherwelt der nahen Umgebung. Als sie zehn Tage später zurück zur Missionsstation kommen, begegnen sie am Strand Feuerländern in Fetzen englischer Kleidung. Der eine trägt einen Petticoat, der andere einen zerrissenen Hut, der nächste hat sich einen Nachttopf über den Kopf gestülpt. FitzRoy ist auf das Schlimmste vorbereitet. Und tatsächlich: Die Missionsstation befindet sich in völliger Auflösung. Alle Sachen sind gestohlen, der Gemüsegarten ist verwüstet. Der verängstigte weiße Missionar möchte nur noch eines, nämlich weg von diesem schrecklichen Ort und den furchteinflößenden Menschen. Was besonders schmerz-

Oben links: Die Religion der Ureinwohner Feuerlands spiegelt ihre tiefe Verbundenheit mit der Natur wider. Die Geschichten und Mythen wurden mündlich weitergegeben.

Oben rechts: Eine aus Zweigen errichtete Hütte der Feuerländer. Darin schliefen sie in Familiengruppen. Ihre Lebensweise war den Europäern vollkommen fremd.

Missionierung

Die Volksgruppe der Yamana, zu denen Fuegia Basket, Jemmy Button und York Minster gehörten, siedelte als Seenomaden entlang des Beagle-Kanals. Das Kanu war ihr Lebensmittelpunkt. Darin transportierten die Familien all ihren Besitz. Ab Mitte des 18. Jahrhunderts trieb die anglikanische Kirche sehr zum Schaden der Ureinwohner die Missionierung Feuerlands voran. Die europäischen Siedler schleppten Krankheiten ein, die eine Epidemie nach sich zogen. Auch die sesshafte Lebensweise, die die Missionare durchsetzten, schwächte die Gesundheit des Volkes. 1911 lebten nur noch etwa hundert Yamana.1983 starb der letzte Yamana, der noch nach den alten Traditionen gelebt hatte.

haft ist: Fuega und York wollen mit den Weißen nichts mehr zu tun haben. Am 26. Februar 1833 segelt die *Beagle* mit dem immer noch verängstigten Missionar weiter zu den Falklandinseln.

FitzRoy mag das Scheitern seiner ehrgeizigen Mission nicht wahrhaben. Er klammert sich an die Hoffnung, dass der ganze Aufwand, den er mit seinen drei Schützlingen betrieben hat, doch noch etwas Gutes bewirkt: „Ich entfernte mich mit recht zuversichtlichen Hoffnungen, dass sie unter ihren Landsleuten eine Änderung zum Besseren bewirken würden."

Eine Karte der Galapagosinseln von 1715. Die Inseln wurden 1535 zufällig entdeckt, als der Bischof von Panama auf dem Weg nach Peru mit seinem Schiff vom Kurs abkam und auf einer der Inseln strandete.

Die Enttäuschung nagt an Robert FitzRoy. Immer noch verspürt er den brennenden Wunsch, der Sache Gottes zu dienen. Keine Anstrengung ist ihm dafür zu groß. Jetzt setzt der Kapitän alle Hoffnungen auf Darwin. Er soll durch seine wissenschaftliche Arbeit jeden Zweifel am Wirken Gottes in der Natur, am Wunder seiner Schöpfung zunichtemachen. Die Wahrheit der biblischen Schöpfungsgeschichte soll dank ihrer gemeinsamen Arbeit zweifelsfrei bewiesen werden! FitzRoy kümmert sich persönlich darum, dass die Kisten mit Darwins Sammlungen sicher nach England zu Professor Henslow gelangen, und übernimmt die Kosten. Er unterstützt Darwins Forschung mit einem wahren Feuereifer. Nie wird FitzRoy müde, mit Darwin zu diskutieren. Manchmal warnt er den jungen Mann davor, über all seinen frischen, neuen Ideen Gott nicht zu vergessen. Die Bibel ist FitzRoys ganzer Halt. Als er Jahre später begreift, zu welchen Erkenntnissen Darwin dank seiner Mithilfe gekommen ist, zerstört das sein Leben.

Im September 1835, viele Monate nach dem traurigen Abschied von Feuerland, steuern sie die Galapagosinseln an. In den vergangenen eineinhalb Jahren hat sich Darwin sichtbar verändert. Er hat

Jetzt im Rückblick kann ich wahrnehmen, wie meine Liebe zur Wissenschaft allmählich die Oberhand bekam und alle anderen Neigungen verdrängte.

Charles Darwin in seiner Autobiografie

viele Nächte unter freiem Himmel verbracht und auf seinen häufig 50 Kilometer langen Tagesmärschen durch die Wildnis ungeheuren Mut bewiesen. Von einem inneren Drang getrieben, interessiert er sich für nichts anderes mehr als für seine Forschung. Selbst das Jagen überlässt er anderen. Im Licht der wissenschaftlichen

Die Meeresechsen der Galapagosinseln sind die einzigen Echsen, die schwimmen und tauchen können.

Die Galapagosinseln

Die Galapagosinseln liegen im Pazifischen Ozean, fast 1000 Kilometer entfernt von Ecuador, zu dem sie heute gehören. Die Inselgruppe umfasst 14 größere und über 100 kleinere Inseln. Der Name stammt von den riesigen Schildkröten, die hier vorkommen. Das spanische Wort *galapagos* bedeutet „Schildkröte". 97 Prozent der Tierarten, die man auf diesen Inseln findet, gibt es nirgendwo sonst auf der Welt. Sie sind hier endemisch, so lautet der wissenschaftliche Begriff für so ein Phänomen. Um den Schutz der einzigartigen Natur bemüht sich die Charles-Darwin-Stiftung, die seit 1961 eine Forschungsstation auf den Inseln unterhält.

Forschung hat es seinen Reiz für ihn verloren. Sein Vater würde seinen Augen nicht trauen, wenn er den Sohn jetzt sehen könnte.

Die aus rabenschwarzen, zerklüfteten Lavafelsen geformten Galapagosinseln wurden von ihren spanischen Entdeckern „Encantadas" genannt – die Verzauberten. Sie sind anders als jede andere Insel der Welt. Im glutheißen, schwarzen Sand versengen Darwin trotz seiner schweren Lederstiefel die Füße. Unmengen Kakteen wachsen hier, sonst kaum etwas Grünes. Es ist die Tierwelt, die einen Besuch der Inseln zu einem unvergesslichen Erlebnis macht. Pinguine und Robben tummeln sich im Wasser. Kormorane stürzen sich auf der Jagd nach Fischen senkrecht ins Meer. Unzählige schwarze Meeresechsen sonnen sich auf den Felsen der Küste. Überall gibt es Schildkröten, manche von ihnen 250 Kilogramm schwer. Schon nach wenigen Metern an Land begegnet Darwin zwei besonders schönen Exemplaren. Bei dem Anblick der riesigen Reptilien, die sich behäbig auf der schwarzen Lava zwischen riesigen Kakteen fortbewegen und dabei auf einem Stück Grünzeug herumkauen, vollkommen unbeeindruckt von der Gegenwart des

Darwin mit Riesenschildkröte. Schätzungsweise 100 000 bis 200 000 Riesenschildkröten bevölkerten früher die Galapagosinseln. Sie wurden von Walfängern rücksichtslos gejagt. Heute ist die Riesenschildkröte streng geschützt. Es gibt noch etwa 15 000 Exemplare.

Menschen, fühlt sich Darwin wie auf einer Zeitreise in die weit entfernte Vergangenheit, in die Urzeit, versetzt. Als Darwin weitergeht, stapft die eine Schildkröte langsam davon, die andere zieht merkwürdig zischend ihren Kopf ein.

Darwin lässt sich mit zwei Gehilfen, einem Zelt und Vorräten für eine Woche in dieser Zauberwelt absetzen. Auf der James-Insel fallen ihm ganz besonders die vielen gepanzerten, orange-gelben Leguane auf. Wie hässliche Miniaturdrachen kommen sie ihm mit ihrem vom Kopf zum Schwanz reichenden Stachelkamm vor. Sie kriechen langsam vorwärts und ziehen dabei ihre Bäuche und Schwänze über den Boden. Immer wieder halten sie reglos inne und sehen aus, als würden sie träumen.

Da es keine beutegreifenden Landsäugetiere gibt, haben die Tiere der Galapagosinseln keine Scheu voreinander, auch keine Scheu vor Menschen. So muss es einst im Paradies gewesen sein. Schildkröten und Leguane fressen einträchtig von demselben Kaktus, und auf den Panzern der großen Reptilien lassen sich muntere Vögel nieder.

Der einzige Eindringling in dieses friedvolle Miteinander ist der Mensch. Die Inseln werden von zahlreichen Walfangschiffen besucht, die hier ihre Fleischvorräte auffüllen. Die Walfänger sammeln die wehrlosen Schildkröten zu hunderten ein. Zahlreiche Schildkrötenpanzer liegen leer am Strand. Aber auch manchen unliebsamen Kapitän erwischt es hier, fast 1000 Kilometer vom Festland entfernt. Darwin entdeckt in einem Gebüsch einen menschlichen Schädel. Ein Kapitän, von seinen eigenen Leuten ermordet, erzählt man sich.

Neben all den staunenswerten Eindrücken dieser Mondlandschaft mit ihren seltsamen, urzeitlichen Reptilien fällt Darwin eine Sache besonders auf: Die Vögel auf den Galapagosinseln unterscheiden sich deutlich von denen des Festlands. Auch von Insel zu Insel gibt es leichte Unterschiede. Das betrifft nicht nur die Vögel, auch die Schildkröten der etwa 80 Kilometer voneinander entfernten Inseln weisen verschiedene Musterungen auf. Warum nur? Wenn Gott alle Tiere zum selben Zeitpunkt erschaffen hat, warum gibt es dann bei einzelnen Tieren wie diesen Schildkröten und Vögeln solch eine

Unten: Wie Drachen sehen die roten Galapagosechsen aus, die auch „Drusenkopf" genannt werden. Sie ernähren sich rein vegetarisch. Die Drusenköpfe können ihren Flüssigkeitsbedarf fast ganz durch die Kakteen decken, die sie fressen.

Ganz unten: Die Küstenlinie der Galapagosinsel Santa Fe

Oben: Die Reiseroute der *Beagle* – in fünf Jahren umrundet das Schiff den Erdball. Die Reise verläuft teilweise im Zickzack. Immer wieder verlässt Darwin das Schiff für ausgedehnte Reisen über Land.

Vielfalt? Ein Maler malt ja auch nicht immer wieder dasselbe Bild!

Darwin sammelt so viele verschiedene Vögel, wie er nur kann. Das fällt ihm nicht schwer: Auch die Vögel dieser abgeschiedenen Inseln zeigen keine Angst vor den Menschen und lassen sich leicht einfangen. Er meint, dass es sich bei den von ihm zusammengetragenen Exemplaren um lauter unterschiedliche Arten handelt, um Finken, Amseln und Zaunkönige. Ein Irrtum, wie sich bald herausstellen wird. Als ihm daheim in England aufgeht, was es mit den Vögeln auf sich hat, da hält er den Schlüssel zu einem der großen Geheimnisse der Natur in der Hand.

Von den Galapagosinseln geht die Route der *Beagle* westwärts. Die Brigg durchquert den Pazifik und nimmt Kurs auf Neuseeland und Australien. Darwin fühlt erstmals so etwas wie Heimweh. Es wird Zeit, dass er nach Hause kommt. Doch liegen noch viele Seemeilen vor ihnen, bevor sie nach der Umrundung des Kaps der Guten Hoffnung nochmals Kurs auf Südamerika nehmen und die Reise von da aus endlich zurück nach England geht.

5

Das Geheimnis aller Geheimnisse

Am 2. Oktober 1836 geht die *Beagle* im Hafen von Falmouth in England vor Anker. Zwei Jahre sollte die Reise ursprünglich dauern, am Ende sind fast fünf Jahre daraus geworden. Direkt nach der Ankunft des Schiffes strömen die Menschen in den Hafen, um das Schiff, das um die ganze Welt gesegelt ist, zu sehen und die Mannschaft mit ihrem Kapitän hochleben zu lassen. Noch am selben Abend, an dem sie England erreicht haben, verabschiedet sich Charles von Kapitän FitzRoy und der Mannschaft und nimmt die nächste Postkutsche nach Shrewsbury. Er kann es kaum erwarten, auf dem Familiensitz „The Mount" anzukommen. Aber schon nach wenigen Tagen drängt es ihn, nach Cambridge zu gehen und gemeinsam mit Professor Henslow und anderen Gelehrten die enorme Sammlung auszuwerten, die schon auf ihn wartet. Über 5000 Fundstücke hat er zusammengetragen, darunter mehr als 1500 in Spiritus konservierte Tierarten – ein ganzes Naturkundemuseum!

Die nächsten zwei Jahre sind die aktivsten in Charles' ganzem Leben. Er tauscht sich mit Englands führenden Wissenschaftlern über seine Sammlung aus und schreibt zugleich seine Reiseerinnerungen auf, die 1839 erscheinen und auf riesiges Interesse stoßen. Besondere Freude bereitet es ihm, dass er sich mit Charles Lyell anfreunden kann. Das ist der Mann, dessen Geologiebuch er auf der Reise verschlungen hat. Ihn trifft er jetzt häufig. Die Gespräche mit Lyell über die allmähliche Entwicklung und Ausgestaltung der Erdoberfläche bestärken seine Vermutung, die ihn auf der Reise immer wieder beschäftigt hat: dass auch das Leben auf der Erde allmählich entstanden ist und nicht in einem einzigen Schöpfungsakt. Ein verbotener Gedanke, ganz und gar unchristlich. Darwin weiß, dass kein Sterbenswörtchen darüber über seine Lippen kommen darf, bevor er diese Theorie nicht beweisen kann. Er legt ein geheimes Notizbuch an, in dem er seine Gedanken formuliert und das er niemandem zeigt – nicht einmal seinen Freunden.

Darwins Sammlung

Teile von Darwins Sammlung kann man heute im Naturkundemuseum von London finden. Im August 2009 neu eröffneten Darwin Centre des Museums wird ein Großteil der 70 Millionen Sammlungsstücke des Naturkundemuseums präsentiert: 17 Millionen Tiere und 3 Millionen Pflanzen hat man schon hierher gebracht. Stellte man alle Schränke des Zentrums nebeneinander, ergäbe sich eine Länge von 3,3 Kilometern. 200 Wissenschaftler betreiben hier auf den Spuren von Darwin Forschung.

Oben: Down House, der Wohnsitz der Familie Darwin

Unten: Emma Wedgwood 1839, zur Zeit der Hochzeit mit Charles Darwin

Darwin hetzt in dieser Zeit unermüdlich zwischen London und der Universitätsstadt Cambridge hin und her, ordnet seine riesige Sammlung, schreibt eifrig Artikel und Bücher, diskutiert mit Fachkollegen. Arbeit, Arbeit, Arbeit – wenn er nicht aufpasst, wird er als geschlechtslose Arbeitsbiene enden, stellt er eines Abends erschöpft fest und überlegt in seiner wissenschaftlichen Art, ob er nicht heiraten solle. Auf einem Blatt Papier notiert er sorgfältig, was dafür und was dagegen spricht. Gegen das Heiraten spricht vor allem, dass man durch die Familie vom Arbeiten abgehalten wird. Für das Heiraten spricht, dass eine Frau eine angenehme Gesellschaft ist, „jedenfalls besser als ein Hund". Und Kinder hätte er auch gern – möglichst viele! Am Ende schreibt er unter seine Aufstellung: „Heirate – heirate – heirate!" Die richtige Frau ist schnell gefunden: seine Kusine Emma Wedgwood. Am 11. November 1838 macht er ihr zur großen Freude seines Onkels Josiah einen Heiratsantrag, im Januar 1839 ist die Hochzeit. Emma und Charles erwerben ein ehemaliges Pfarrhaus in Kent in dem Dörfchen Downe nahe bei London. Im Dezember 1839 kommt ihr erstes Kind zur Welt, dem im Laufe der nächsten Jahre noch neun weitere folgen werden.

Emma Darwin

Emma Darwin (1808–1896) wächst mit ihren sechs Geschwistern in der vermögenden Wegdwood-Familie auf. Sie ist sehr musikalisch. In Paris studiert sie bei Frédéric Chopin Klavier. Emma ist die Kusine von Charles. Die beiden spielten schon als Kinder miteinander. Kurz nach ihrer Heirat wird der Forscher schwer krank. Emma zeigt eine erstaunliche Geduld im Umgang mit Darwins vielen Leiden. Ihr Familienleben ist sehr glücklich. Sieben ihrer Kinder erreichen das Erwachsenenalter, drei Söhne werden – wie der Vater – als Wissenschaftler sehr erfolgreich. Emma ist sehr religiös, dennoch unterstützt sie die Forschungsarbeit ihres Mannes bedingungslos. Emma überlebt Charles um 14 Jahre. Sie wird 88 Jahre alt.

Etwa zwei Jahre nach seiner Rückkehr wird Darwin plötzlich krank. Kein Arzt kann die Ursache finden. Der Forscher leidet unter Kopfschmerzen und Übelkeit. Mehrmals am Tag muss er sich übergeben. Bald kann er nicht mehr normal arbeiten, ist gezwungen, den Kontakt zu anderen Wissenschaftlern stark einzuschränken. Er sieht sich nur noch selten in der Lage, Besucher zu empfangen. Die Ärzte können ihm nicht helfen. Sie vermuten, dass er sich auf der großen Reise eine heimtückische Tropenkrankheit zugezogen hat. Doch das Familienleben verläuft trotz Darwins rätselhafter Krankheit ausgesprochen glücklich. Das ganze Haus ist ein einziger Spielplatz. Wenn er dem Trubel entfliehen und in Ruhe nachdenken möchte, verzieht sich Charles in den großen Garten, wo er einen Spazierweg rund um das Haus angelegt hat, den Sandwalk.

Hier kann er in Ruhe über seine Theorien nachdenken. Er glaubt, dem Geheimnis, wie und warum sich Arten verändern, endlich auf der Spur zu sein. In eines seiner geheimen Notizbücher zeichnet er ei-

Das einzige bekannte Foto von Darwin mit einem Mitglied seiner Familie zeigt ihn mit seinem ältesten Sohn William im Jahr 1842. Darwin war ein ausgesprochen liebevoller Vater.

Ich bin wirklich sehr glücklich in meiner Familie. Euch Kindern muss ich sagen, dass mir keiner von euch auch nur eine Minute lang Sorgen gemacht hat.

Charles Darwin in seiner Autobiografie

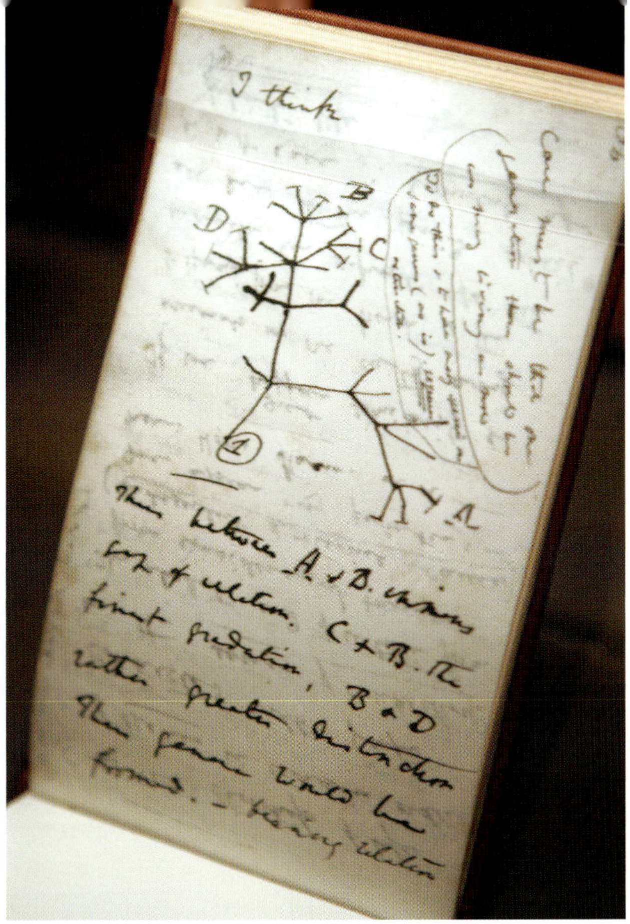

1837 skizziert Darwin in seinem geheimen Notizbuch erstmals seine Vorstellung vom „Baum des Lebens“, der sich in immer weitere Richtungen verzweigt.

ne erste Skizze eines evolutionären Abstammungsbaumes unter der Überschrift „I think“ – „so stelle ich es mir vor“ – und überprüft sein Modell sorgfältig anhand der Fundstücke und Reisenotizen, sucht im Gespräch mit anderen Wissenschaftlern wie Lyell und Hooker nach Argumenten für und gegen seine Theorie. Seine Sammlung wird als so bedeutend eingestuft, dass ihm der berühmte Anatom Richard Owen und der beste Vogelkundler Englands, John Gould, bei der Auswertung helfen.

John Gould gibt Darwin im Zuge der Vogelbestimmung einen Hinweis, der ein entscheidendes Puzzleteil seiner geheimen Forschungsarbeit wird. Gould berichtet, dass die Vögel, die Darwin von den Galapagosinseln mitgebracht habe, allesamt Finken seien. Genauer: 13 verschiedene Finkenarten. Sie unterscheiden sich so deutlich voneinander, dass Darwin die Vögel für Finken, Zaunkönige und Amseln gehalten hatte.

In Darwin beginnt es zu arbeiten. Von welcher Insel stammt welche Finkenart? Wie dumm und nachlässig, dass er sich dazu keine Notizen gemacht hat! Doch mit Hilfe von Kapitän FitzRoy und anderen Crewmitgliedern kann er das zum Glück rekonstruieren. Und da bekommt alles einen bestechend klaren Sinn: Die Finken sind vor Urzeiten vom südamerikanischen Festland wahrscheinlich in einem großen Sturm auf die weit im Meer liegenden verzauberten Inseln geweht worden. Und in Anpassung an die Lebensbedingungen, die sie auf der jeweiligen Insel vorfanden, entwickelten sie sich zu unterschiedlichen Arten. Damit hält Darwin endlich einen deutlichen Hinweis in Händen, dass er mit seiner Vermutung, Arten seien veränderlich, richtig liegt. Darwin ist überwältigt, so gut passen Goulds Beobachtungen in seine Vorstellung von der Evolution oder der „natürlichen Selektion“, wie er es nennt. Er ist auf der richtigen Fährte!

In der folgenden Zeit führt er zahllose Gespräche mit Bauern, Imkern und Taubenzüchtern in seiner Nachbarschaft. Sie alle züchten doch Tiere und beobachten dabei, wie sich deren Nachkommen verändern können, wie sie sogar selbst Einfluss darauf nehmen, indem sie besonders starke Pferde oder besonders schöne Tauben für die Zucht verwenden! Und schließlich weiß Darwin, welches die drei wichtigsten Mechanismen sind, die zur Entwicklung ganz neuer Arten in der Natur führen können. Er formuliert es so:

Erstens: Bei jeder Art unterscheiden sich die Artgenossen leicht voneinander, Kinder gleichen ihren Eltern nie ganz. Jedes Elternpaar erzeugt mehr Nachkommen, als nötig wäre, um die Eltern zu ersetzen.

Zweitens: Es ist nie genug Nahrung für alle vorhanden. Jedes einzelne Lebewesen muss darum kämpfen, zu überleben.

Drittens: Diejenigen, die am besten an ihre Umgebung angepasst sind, haben einen Überlebensvorteil bei diesem Kampf.

Mit Blick auf die Finken von den Galapagosinseln lassen sich diese Mechanismen besonders gut erklären. Die Finken mit den dicken, papageienartigen Schnäbeln stammen von einer Insel, auf der es schwer zu knackende Nüsse und Samen als Nahrung gibt. Die Vögel, die durch eine Laune der Natur stärkere Schnäbel als ihre Artgenossen haben, hatten einen Überlebensvorteil. Sie konnten mehr Nachkommen hervorbringen, während andere Finken, die zur gleichen Zeit auf der Insel lebten und deren Schnäbel zu schwach waren, um Nüsse zu knacken, diesen Vorteil nicht hatten, weniger Futter fanden und sich nicht so erfolgreich vermehren konnten. Die Finken mit den starken Schnäbeln gaben ihre Besonderheit an ihre Nach-

Evolution

Der Begriff Evolution (von lateinisch *evolutio*: Entwicklung) besagt vereinfacht, dass sich alle Lebewesen über einen viele Millionen Jahre währenden Zeitraum langsam und allmählich aus einfachen Lebensformen zu ihrer heutigen Form und Vielfalt entwickelt haben und sich auch heute noch weiter entwickeln. Darwin war nicht der Erste, der sich über die Evolution äußerte. Aber Darwin war der Erste, der hieb- und stichfest nachwies, dank welcher Mechanismen sich Arten verändern. Vor Darwin schrieben u. a. der Franzose Jean-Baptiste de Lamarck (1744–1829) und der Schotte Robert Chambers (1802–1871) Bücher über die Evolution. Sie wurden heftig angefeindet, da sie ihre Behauptungen nicht beweisen konnten. Das warnte Darwin, voreilig zu veröffentlichen.

Der Mensch soll den gezähmten Orang-Utan besuchen ... und dann soll er wagen, sich seiner stolzen Überlegenheit zu rühmen.

Charles Darwin

Jenny, ein junges Orang-Utan-Mädchen, ist 1838 der absolute Star im Londoner Zoo. Selbst die englische Königin Victoria stattet Jenny einen Besuch ab. Auch Darwin nutzt häufig die Gelegenheit, das Tier zu beobachten, und entdeckt erstaunliche Ähnlichkeiten mit dem Menschen.

kommen weiter. Schließlich gab es auf dieser Insel nur noch Finken mit starken Schnäbeln – eine Auslese, eine Veränderung von Arten, hatte stattgefunden.

Immer mehr Puzzleteile fügt Darwin zusammen. Immer klarer wird seine Vorstellung von der Entstehung des Lebens und der Artenvielfalt. Sechs streng geheime Notizbücher füllt er zwischen 1837 und 1839. Keiner soll sie lesen, denn Darwin vermutet etwas, das so ungeheuerlich ist, dass er selbst kaum wagt, diesen Gedanken zu Ende zu denken: Auch der Mensch, so seine Ahnung, hat sich erst zu dem entwickelt, was er heute ist. Irgendwo im evolutionären Stammbaum muss es einen gemeinsamen Vorfahren von Mensch, Orang-Utan, Schimpanse und Gorilla geben.

Im Kreis der Kollegen und Freunde lässt er nach wie vor keinerlei Einzelheiten seiner Theorie durchblicken. Er weiß um den Zündstoff, den seine Gedanken haben, und fürchtet die Reaktionen der Öffentlichkeit. Darwin ist ein rücksichtsvoller, höflicher und zurückhaltender Mann, der öffentliche Auftritte meidet. Der Gedanke, sich und seine Familie einem Skandal auszusetzen, Menschen in ihrem Glauben zu erschüttern, ist ihm ein Gräuel. Und dennoch: Seine Erkenntnisse will und kann er nicht verleugnen.

Sieben Jahre nach seiner Rückkehr hat Darwin ein 231 Seiten starkes Manuskript über die Entwicklung der Arten fertig. Es könnte jetzt gedruckt werden, aber Darwin versteckt es in einer Schublade. Er zögert noch immer: Wird man ihn ernst nehmen, wenn er sich über die Evolution des Lebens, also über Tiere äußert? Als Zoologe hat er bisher noch nicht gearbeitet! Diese Überlegung führt dazu, dass Darwin acht lange Jahre Krebse untersucht, genauer gesagt: Rankenfüßer. Er schreibt eine vierbändige Arbeit darüber, die von führenden Zoologen wegen ihrer außergewöhnlichen Genauigkeit bewundert wird.

Die Finken von den Galapagosinseln – Darwins überzeugendster Beweis, dass Arten sich verändern können. 13 verschiedene Arten lassen sich auf eine gemeinsame Ursprungsart zurückführen.

Darwinfinken

Die Finkenarten, die auf den Galapagosinseln zu finden sind, hat man Darwin zu Ehren Darwinfinken genannt. Jede der 13 Arten hat einen anders geformten Schnabel, der bestens für ihre jeweiligen Fressgewohnheiten geeignet ist. Man nimmt an, dass vor Millionen Jahren ein gewaltiger Sturm einen Vogelschwarm vom Festland auf die Galapagosinseln verschlagen hat. Von diesem Schwarm stammen alle Vögel ab, die man heute auf den Galapagosinseln findet.

Nach acht Jahren Forschung an Rankenfußkrebsen hat selbst der geduldige Darwin genug: „Ich habe angefangen, die Rankenfüßer zu hassen wie kein Mensch vor mir“, schreibt er in einem Brief.

1844 offenbart Darwin seine Gedanken über die Evolution endlich seinem Freund und Kollegen Joseph Hooker. Er fühlt sich dabei, als würde er einen Mord gestehen.

Und noch immer geht Darwin nicht an die Öffentlichkeit, das Manuskript bleibt unter Verschluss. 20 Jahre forscht er bereits im Geheimen, da fängt er endlich an, ein umfassendes Buch über seine Ideen niederzuschreiben. Seine beiden besten Freunde Hooker und Lyell haben ihm eindringlich zugeredet. Die Idee der Evolution liegt in der Luft. Es ist nur eine Frage der Zeit, dann wird ihm ein anderer zuvorkommen.

Und sie sollen Recht behalten. Im Juni 1858 – Darwin hat etwas mehr als die Hälfte des Buches fertig geschrieben – erhält er ein Päckchen, das um die halbe Welt gereist ist. Es stammt von seinem jungen Kollegen Alfred Russel Wallace, der sich seit drei Jahren zu Forschungszwecken in Südostasien aufhält. In einem höflichen Brief bittet Wallace Darwin, das beiliegende 20-seitige Manuskript, das er während einer Malariaerkrankung geschrieben habe, zu prüfen und ihm seine Meinung dazu zu sagen.

Darwin überfliegt die Zeilen. Er stößt auf Worte wie „Existenzkampf“, „Varianten“, „verdrängen“ … und erbleicht. Was Wallace da zu Papier gebracht hat, sind Satz für Satz Darwins eigene Gedanken. Das, woran Darwin seit nunmehr 20 Jahren arbeitet und was er wie ein Geheimnis hütet.

Rankenfüßer

Rankenfüßer sind eine Gruppe meeresbewohnender Krebse. Zu ihnen gehören auch Seepocken, die eher wie Muscheln als wie Krebse aussehen. Mit ihren rankenartigen Beinen strudeln sich die Tiere Nahrung herbei. Seepocken heften sich gern auf Buckelwalen, Krebsen, Schnecken und Schiffen fest. In kurzer Zeit verwachsen sie mit dem Untergrund. Für die Schifffahrt stellen Seepocken ein großes Problem dar. In wenigen Tagen können die kleinen Krebse, die sich enorm vermehren, den Rumpf eines Schiffes mit einer zentimeterdicken Kruste überziehen und bekommen für die Schiffe dadurch die Wirkung eines lästigen Bremsklotzes.

Jetzt wird Wallace ihm mit der Veröffentlichung zuvorkommen, er wird derjenige sein, der die Geschichte der Wissenschaft neu schreibt. Was soll Darwin tun? Darf er seine eigenen Erkenntnisse jetzt trotzdem noch veröffentlichen? Wäre das nicht unehrenhaft? Als Wissenschaftler und Gentleman?

Seine Freunde Hooker und Lyell raten Darwin, jetzt so schnell wie möglich die Katze aus dem Sack zu lassen. Sofort. Er soll eine Zusammenfassung seiner Arbeit schreiben und diese gemeinsam mit Wallace' Manuskript veröffentlichen. Danach soll er das „große Buch", wie er seine Arbeit über die Evolutionstheorie nennt, in Ruhe zu Ende bringen. Aber wenn er jetzt nicht handelt, dann ist seine jahrelange Arbeit umsonst getan.

Darwin willigt ein und schreibt die Zusammenfassung. Aber während er noch damit beschäftigt ist, stirbt sein kleiner Sohn Charles an Scharlach. Darwin kann den Schmerz kaum ertragen. Die Geschichte mit Wallace interessiert ihn gar nicht mehr.

Seine beiden Freunde treten in dieser Notsituation für ihn ein. Am 1. Juli 1858, dem Tag, als Charles Darwin seinen Sohn beerdigt, sorgen sie dafür, dass seine Erkenntnisse zur Entstehung der Arten

Wenn Wallace mein kurzes Manuskript, das ich 1842 geschrieben habe, vorgelegen hätte, hätte er keine bessere Zusammenfassung daraus schreiben können.

Charles Darwin

Unten: Alfred Russell Wallace ist stolz darauf, dass er zu ähnlichen Erkenntnissen wie Darwin gelangt ist. Er verehrt Darwin sehr.

Ganz unten: Die drei Freunde Darwin, Lyell und Hooker beraten, wie sie mit Wallaces Manuskript verfahren sollen.

Bei den eher bescheidenen Fähigkeiten, die ich besitze, ist es wahrhaft erstaunlich, dass ich die Überzeugungen von Wissenschaftlern in manchen wichtigen Punkten so stark beeinflusst haben soll.

Charles Darwin, der letzte Satz seiner Autobiografie

gemeinsam mit dem Schreiben von Wallace während eines Treffens von Naturwissenschaftlern in London öffentlich vorgelesen werden. Besondere Wirkung ruft das nicht hervor – vielleicht sind die wenigen anwesenden Wissenschaftler in Gedanken schon in den Sommerferien –, doch einerlei. Es ist geschafft. Darwin, und das ist jetzt schriftlich festgehalten, ist der Begründer der Evolutionstheorie.

Im November 1859 ist das „große Buch" endlich abgeschlossen. *Über die Entstehung der Arten durch natürliche Zuchtwahl* kommt in die Buchläden. Die erste Auflage ist sofort ausverkauft, 2500 Exemplare werden nachgedruckt. Alle Welt setzt sich mit Darwins Ideen auseinander, eine erbittert geführte Diskussion entbrennt.

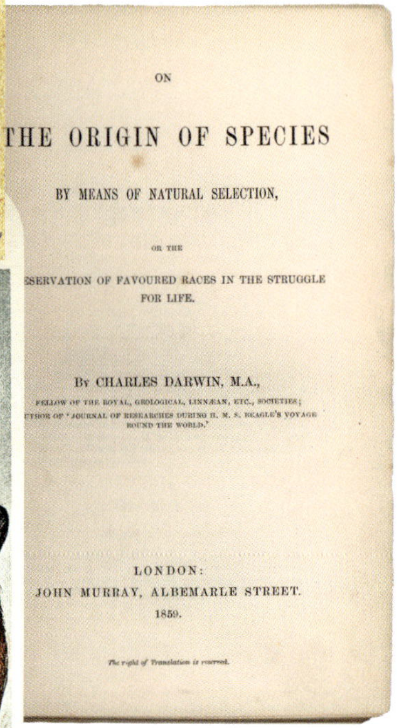
ON
THE ORIGIN OF SPECIES
BY MEANS OF NATURAL SELECTION,
OR THE
PRESERVATION OF FAVOURED RACES IN THE STRUGGLE FOR LIFE.
By CHARLES DARWIN, M.A.,
FELLOW OF THE ROYAL, GEOLOGICAL, LINNÆAN, ETC., SOCIETIES;
AUTHOR OF 'JOURNAL OF RESEARCHES DURING H. M. S. BEAGLE'S VOYAGE ROUND THE WORLD.'
LONDON:
JOHN MURRAY, ALBEMARLE STREET.
1859.
The right of Translation is reserved.

Nachdem 1859 Darwins Buch *Über die Entstehung der Arten* herausgekommen ist, wird der Wissenschaftler in zahlreichen Karikaturen als Affe dargestellt, um ihn und seine Theorie lächerlich zu machen.

400 Bücher werden in den nächsten Jahren für oder gegen Darwins Schrift veröffentlicht. Die Fronten verhärten sich immer mehr. Darwin selbst hält sich aus allen Diskussionen heraus, besucht keine einzige Versammlung, bei der es um sein Werk geht. Er weiß, wie sehr seine Arbeit die Öffentlichkeit und die Kirche erschüttern muss.

Ende Juni 1860 findet in Oxford ein wissenschaftlicher Kongress statt. Dort treffen Gegner und Befürworter von Darwins Lehren aufeinander. Da sich das Gerücht herumgesprochen hat, dass der Bischof von Oxford, Samuel Wilberforce, Darwin auf dem Kongress öffentlich verdammen wird, füllt sich der Hörsaal bis auf den letzten Platz. Obwohl Darwin mit keinem Satz geschrieben hat, dass der Mensch vom Affen abstammt, sondern nur vorsichtig formuliert, dass es in den Entwicklungslinien von Menschen und Menschenaffen einen gemeinsamen Vorfahren geben müsse, ist es genau das, was seine Gegner ihm vorwerfen. 30 Minuten predigt Bischof Wilberforce mit dramatischen Gesten auf der Bühne des großen Hörsaals gegen Darwin. Dabei hat er Darwins Buch offenbar nicht einmal gelesen, stellen Darwins Anhänger empört fest. Als der Bischof in einem lahmen Versuch, einen Witz zu machen, Thomas Huxley, einen jungen Zoologen und Freund Darwins, fragt, ob er von Seiten seiner Großmutter oder eher von Seiten seines Großvaters vom Affen abstamme, platzt die Bombe.

Huxley steht kühl auf und sagt vernehmlich, er würde lieber von einem Affen abstammen, als einen Menschen wie den Bischof zum Großvater zu haben, der seinen Einfluss dazu nutze, eine wichtige wissenschaftliche Diskussion ins Lächerliche zu ziehen.

Einige Sekunden ist es totenstill in dem überfüllten Saal. Das ist unerhört! So spricht man nicht mit einem Bischof. Dann entsteht ein Tumult. Alles schreit durcheinander. Eine Dame verliert das Bewusstsein, muss hinausgetragen werden. In den Lärm hinein versucht sich ein bereits ergrauter Mann in Marineuniform Gehör zu verschaffen. Er schwenkt eine Bibel über seinem Kopf und redet wider Darwin und seine Lehren, als ginge es um sein Leben.

Für Kapitän FitzRoy ist es ein besonders bitterer Tag. Er habe Darwin vor diesen gefährlichen Gedanken immer gewarnt, sagt er sichtlich erschüttert. „Schon vor langer Zeit habe ich ihn gewarnt!" Verzweifelt muss FitzRoy sich eingestehen, dass er selbst Mitschuld daran trägt, dass hier und heute Gottes Schöpfungswerk in Zweifel gezogen wird. Ohne seine Hilfe während der Fahrt mit der *Beagle* wäre es Darwin niemals gelungen, das bestehende Weltbild aus den Angeln zu heben. Etwas zerbricht in FitzRoy an diesem Tag. Am 30. April 1865 setzt er seinem Leben schließlich ein Ende. Er schneidet sich mit seinem Rasiermesser die Kehle durch.

Samuel Wilberforce, Bischof von Oxford, und „Darwins Bulldogge", wie Darwins Freund Thomas Henry Huxley wegen seiner streitbaren Art genannt wird, in einer Karikatur. Die beiden liefern sich berühmt gewordene Wortgefechte.

Was die Köter betrifft, die da bellen und heulen werden, so denken Sie daran, dass einige Ihrer Freunde Ihnen zur Seite stehen. Ich schärfe schon meine Klauen und wetze meinen Schnabel.
Thomas Huxley

6

Meilensteine

Aus heutiger Sicht fällt es schwer, zu begreifen, warum Darwins Buch mit dem langen, komplizierten Titel *Über die Entstehung der Arten durch natürliche Zuchtwahl oder die Erhaltung der begünstigten Rassen im Kampf ums Dasein* seine Zeitgenossen so sehr erschütterte. Warum zwang die Erkenntnis, dass Arten veränderlich sind, einen gestandenen, mutigen Mann wie Kapitän FitzRoy in die Knie? Was ist daran so weltbewegend?

Um das zu verstehen, fragt man am besten einen Evolutionsbiologen – einen Wissenschaftler wie Dr. Matthias Glaubrecht vom Museum für Naturkunde in Berlin zum Beispiel. Matthias Glaubrecht leitet die Forschungsabteilung des dortigen Naturkundemuseums. Er erklärt, dass Darwins Gedanken die Welt tatsächlich im wahrsten Sinne des Wortes bewegten, denn sie stellten das bis dahin gültige Weltbild vollkommen auf den Kopf. Darwin zwang seine Zeitgenossen zu nichts Geringerem, als ein neues Bild von Gott und ein neues Bild vom Menschen anzuerkennen.

Im Alter bedauert Darwin, er sei „für jeden anderen Gegenstand, ausgenommen Wissenschaft, ein verwelktes Blatt." Weder Musik noch Literatur – Dinge, die ihn früher begeisterten – interessieren ihn mehr.

? Charles Darwin

Charles Robert Darwin wird am **12. Februar 1809** in Shrewsbury, England, geboren. Die Familie verbringt viele Wanderurlaube in Nordwales, wo Charles' Liebe zur Natur erwacht. Während seines Studiums – zunächst der Medizin, dann der Theologie – beschäftigt er sich systematisch mit Naturwissenschaften. Von einem ehemaligen schwarzen Sklaven lernt er, Tierkörper zu präparieren, was ihm während der Reise mit der *Beagle* (1831–1836) von großem Nutzen ist. Nach seiner Rückkehr beginnt er, die Evolutionstheorie zu entwickeln. **1859** veröffentlicht er nach 20 Jahren Forschung das Epoche machende Buch *Über die Entstehung der Arten durch natürliche Zuchtwahl.* Darwin heiratet im Januar **1839** seine Kusine Emma Wegdwood. Sieben ihrer zehn Kinder erreichen das Erwachsenenalter. Besonders hart trifft Darwin der Tod seiner ältesten Tochter Annie **1851**. Dieser Verlust bedeutet seine endgültige Abkehr vom Glauben. Charles Darwin stirbt am **19. April 1882**.

Wie würde ich die „Entstehung" überarbeiten und ändern, wenn ich noch 20 Jahre zu leben hätte und arbeiten könnte, und wie sehr werden die Ansichten zu allen Punkten sich noch wandeln müssen! Immerhin – ein Anfang ist gemacht, und das ist schon etwas ...

Charles Darwin 1869 in einem Brief an seinen Freund Hooker

Darwin in seinem beheizten Gewächshaus im Garten von Down House. Hier züchtet er Orchideen. Er möchte herausfinden, was für Tricks sie entwickeln, um bestäubt zu werden.

Die Theorie der Evolution ist zweiteilig, erklärt Matthias Glaubrecht. Zum einen besagt sie, dass es eine Entwicklung gibt, in deren Verlauf aus einfachen Organismen kompliziertere entstanden sind, die sich schließlich in viele verschiedene Arten aufspalteten. Tiere und Pflanzen haben sich also allmählich entwickelt und vervielfältigt. Der zweite Teil von Darwins Theorie erklärt, wie die Entwicklung neuer Arten vonstatten geht: über die natürliche Selektion, wie sich am Beispiel der Finken von den Galapagosinseln zeigte, und über die sexuelle Selektion. Dass Vögel mit einem kräftigen Schnabel im „Kampf ums Dasein", wie Darwin es in seinem Buch nennt, einen Überlebensvorteil haben, erklärt sich von selbst. Aber welchen Vorteil hat es für einen Pfau, zwar prächtige, aber doch auch hinderliche Schwanzfedern zu besitzen? Hier kommt die sexuelle Selektion ins Spiel. Pfauenhennen lassen sich durch die bunten Schwanzfedern beeindrucken und wählen als Partner Männchen aus, die ein besonders schönes Rad schlagen können.

Laut Dr. Glaubrecht müssen wir uns die Selektion insgesamt wie einen Langstreckenlauf vorstellen: Wer da immer langsamer wird, bleibt ein bisschen zurück und wird nicht in die nächste Runde gehen, und diejenigen, die mithalten können, die sind auch in der nächsten Runde dabei und vererben ihre Eigenschaften an ihre Nachkommen.

Und wie ordnet sich der Mensch in dieses Modell ein? Für den Menschen gibt es keine Ausnahme: Auch er ist ein Resultat der Selektion. Auch er hat sich als ein Zweig des gemeinsamen Stammbaums von Mensch und Tier entwickelt. Durch Gesetzmäßigkeiten der Natur, nicht durch Gottes Wirken. Und diese Erkenntnis war es, die die Menschen im 19. Jahrhundert so schockierte. Durch die Kraft von Darwins Gedanken musste die Schöpfungsgeschichte der Bibel, an deren buchstäbliche Wahrheit die Menschen jahrtausendelang geglaubt hatten, ganz neu gelesen werden.

Über die Rolle, die Darwin dem Menschen in seinem Evolutionsmodell zuschreibt, gibt es denn auch die größten Auseinandersetzungen. Auch befreundete Forscher wie Lyell und Henslow wehren sich dagegen, dass der Mensch nicht länger als die Krone der Schöpfung gelten soll. Um diesen Gedanken noch deutlicher zu formulieren, bekennt sich Darwin 1871 in seinem wichtigen Werk *Die Abstammung des Menschen und die geschlechtliche Zuchtwahl* noch einmal ausdrücklich dazu, dass der Evolutionsgedanke auch auf den Menschen anzuwenden sei. In verkümmerten Knochen sieht er typische Zeichen evolutionärer Veränderung. So weist das Rückgrat des Menschen vier Knochen auf, die früher Teil eines

Unten: Der Fisch symbolisiert seit der Zeit der Urchristen Jesus Christus. Der kleinere Darwin-Fisch, der Füße entwickelt hat, symbolisiert die Evolution. Noch heute fällt es vielen Christen schwer, Darwins Theorie über den Ursprung des Menschen anzunehmen.

Ganz unten: Ein Pfauenhahn präsentiert seine prächtigen Schwanzfedern – eines der bekanntesten Beispiele für sexuelle Selektion.

Kampf ums Dasein

Da Tiere und Pflanzen meistens mehr Nachkommen erzeugen, als unter den jeweiligen Bedingungen überleben können, kommt es nach Darwin zu einem „Kampf ums Dasein". Damit ist der Wettbewerb der Lebewesen um Nahrung und Partner zur Fortpflanzung gemeint. „Gewinnen" tun diejenigen, die an ihre Umwelt am besten angepasst sind – sie überleben und pflanzen sich fort. Auf diese Idee brachte Darwin der britische Ökonom Thomas Malthus (1766–1834), der die These aufstellte, dass die Bevölkerung schneller wächst als die Lebensmittelproduktion, was zu Armut, Hunger und Not führt. Die Nationalsozialisten missbrauchten Darwins Theorie für ihre Zwecke: Sie übertrugen seine Theorie auf gesellschaftliche Verhältnisse und sagten, dass nur die Stärksten im sozialen Konkurrenzkampf bestehen können. So begründeten sie ihr vermeintliches Recht, als „Herrenmenschen" über „minderwertiges" und „wertloses" Leben zu richten. Diese Theorie nennt man „Sozialdarwinismus".

Schwanzes waren. Nach dem Werk *Die Abstammung des Menschen* wendet er sich in einem weiteren Buch dem Verhalten des Menschen zu und belegt auch damit die Gültigkeit der Evolution.

Bis ins hohe Alter verliert Darwin seine Neugier nicht. In seinem Treibhaus züchtet er Orchideen und erforscht, wie sie von Insekten bestäubt werden. Er beschäftigt sich mit Taubenzucht, mit Regenwürmern, erforscht die Wirkung von tierischen Giften auf Insekten fressende Pflanzen, interessiert sich für unzählige große und kleine Fragen und veröffentlicht in den Jahren nach der *Abstammung des Menschen* noch acht weitere Bücher, die allesamt große Erfolge werden.

Im Alter von 73 Jahren stirbt Charles Darwin im Beisein seiner Frau. Angst vor dem Tod hat er nicht – damit tröstet er Emma. Es bereitet ihr Schmerz, dass Charles in der Stunde seines Todes ohne den Trost des Allmächtigen auskommen muss. Manche Menschen glauben, dass es auch die Rücksicht auf seine tiefreligiöse Frau war, die ihn so lange zögern ließ, mit der Evolutionstheorie an die Öffentlichkeit zu treten. In einem feierlichen Staatsbegräbnis wird er in der berühmten Westminster Abbey in London, in der viele bedeutende Persönlichkeiten der Geschichte ruhen, zu Grabe getragen.

Darwin war sich darüber bewusst, dass bei seinem Modell der Evolutionstheorie noch viele Fragen unbeantwortet geblieben waren. Einen Anfang hatte er gemacht, mehr nicht – so sah er es selbst. Und fragt man Dr. Glaubrecht vom Museum für Naturkunde in Berlin, so gewinnt man den Eindruck, dass diese Aufbruchstimmung auch heute noch anhält. Dass selbst nach 150 Jahren noch viele grundsätzliche Fragen, die Darwin aufgeworfen hat, darauf warten, beantwortet zu werden.

Als die wichtigsten Probleme der Evolutionsbiologie, die „vier großen darwinschen Geheimnisse", benennt Glaubrecht die Fragen: Was ist eigentlich eine Art? Wie viele Arten gibt es auf der Erde? Wie entstehen neue Arten? Und wie rekonstruieren wir die Verwandtschaft zwischen zwei Arten? Um diese Fragen eines Tages beantworten zu können, werden auch in Zukunft Forscher gebraucht, „Artendetektive" beispielsweise, wie Matthias Glaubrecht sie nennt. Diese Biosystematiker versuchen, erst einmal ein Inventar aller lebenden Tiere unserer Erde aufzunehmen. Das ist viel schwieriger, als man glaubt! Erst 1,8 Millionen Tierarten sind wissenschaftlich erfasst. Vorsichtige Schätzungen gehen jedoch davon aus, dass es auf der Erde zwischen 13 und 30 Millionen Tierarten gibt – zahllose Arten kennen wir also noch gar nicht! Alle Welt spricht immerzu vom Aussterben vieler Tierarten, was tatsächlich ein brennendes Problem ist. Aber es entstehen auch überall auf der Welt immer wieder neue Arten, und es werden immer wieder neue entdeckt!

Die Frage, was Arten sind und wie neue Arten entstehen, beschäftigt Wissenschaftler vieler verschiedener Forschungsbereiche. Auch Dr. Glaubrecht ist dieser Frage auf der Spur. Um eine Antwort darauf zu finden, sieht man sich ganz genau an, auf welche Weise bestimmte Merkmale und Eigenschaften vererbt werden. Einer der Ersten, die diesen Vorgang systematisch untersuchten, war ein Zeitgenosse Darwins, der Augustinermönch Gregor Mendel.

Gregor Mendel kreuzte so lange unterschiedliche Erbsenarten seines Klostergartens miteinander, bis er herausfand, auf welche Weise Kennzeichen der Erbsen wie „gelb und runzlig" oder „grün und glatt" von Generation zu Generation weitervererbt werden. Er erkannte dabei, dass sich bestimmte Eigenschaften durchsetzen, andere dagegen nicht. Er knackte einen Code, erkannte das Muster.

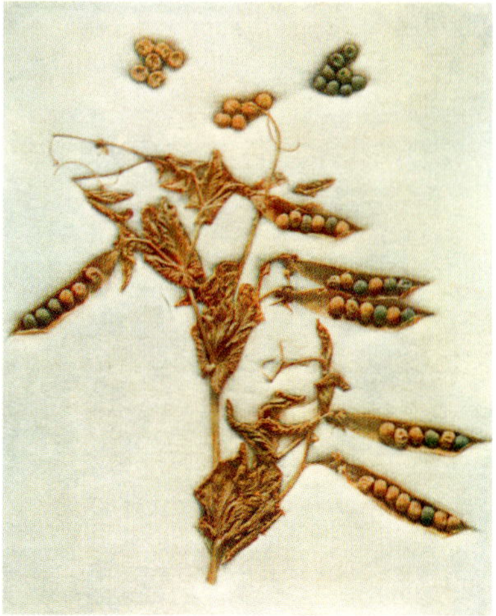

Warum vererben sich bestimmte Eigenschaften und andere nicht? Gregor Mendel fand durch Kreuzungsversuche mit Erbsenpflanzen Antworten auf einige von Darwins drängendsten Fragen.

Gregor Mendel

Der Augustinermönch Johann Gregor Mendel (1822–1884) wird als der Vater der Genetik bezeichnet. Der begabte Sohn eines Bauern entdeckte die Vererbungsregeln, die heute als „Mendel´sche Regeln" bekannt sind. Der arbeitswütige Forscher kultivierte dafür zwischen 1856 und 1863 schätzungsweise 28 000 Erbsenpflanzen. Seine bahnbrechende Arbeit wurde aber erst beachtet, als 16 Jahre nach seinem Tod andere Forscher zu denselben Forschungsergebnissen kamen.

Unten: Erst als vor etwa 60 Jahren Geräte entwickelt wurden, mit denen Taucher längere Zeit unter Wasser bleiben können, begann die Erforschung der ungeheuren Artenvielfalt der Unterwasserwelt. Hier sind zwei Forscher beim Katalogisieren von Fischen zu sehen.

Aber seine bahnbrechenden Erkenntnisse fanden keine Beachtung. Dr. Glaubrecht sagt, dass Mendels Arbeit ungeöffnet nach Darwins Tod in dessen Arbeitszimmer gefunden wurde. Darwin hätte sicher großes Interesse daran gehabt, hat sie aber leider nicht gelesen.

Erst 16 Jahre nach Mendels Tod beschäftigt sich die Forschung mit dessen Vererbungslehre. Da wird zum ersten Mal der Begriff „Gen" für die Erbeinheiten, die an die nächste Generation weitergegeben werden, benutzt. Seit dieser Zeit ist die Genetik, die Wissenschaft, die sich mit den Gesetzmäßigkeiten der Vererbung und den Trägern der Erbinformation beschäftigt, ein wichtiger Zweig der Biologie. So konnte zum Beispiel ergründet werden, dass alle Organismen, Bakterien ebenso wie Pflanzen und Tiere, ein und denselben genetischen Code nutzen: Das hat bewiesen, dass alles heutige Leben von einer Urform abstammt.

Heute verfügen Biologen wie Dr. Matthias Glaubrecht also über Werkzeuge, die es ihnen ermöglichen, viel genauer zu erforschen, wie Evolution „funktioniert". Ihre Forschungsgebiete sind jedoch sehr ähnlich: Wie Darwins Rankenfüßer sind auch Matthias Glaubrechts Süßwasserschnecken auf den ersten Blick unscheinbar und wenig aufregend. Doch ihre Erforschung bringt die Wissenschaft bei der Frage, wie sich Arten entwickeln, einen weiteren Schritt voran.

7

Auf Darwins Spuren

>>> **Genau wie Darwin** konnte sich der Evolutionsbiologe Matthias Glaubrecht, der heute die Forschungsabteilung des großen Naturkundemuseums in Berlin leitet, als Kind für all die Dinge, die man in der Natur beobachten kann, begeistern. Im Garten seiner Eltern in Hamburg hat er sein erstes Erlebnis als Tierforscher: Er entdeckt in einer Hecke das Nest eines Amselpaares. Tag für Tag besucht er das Nest und ist glücklich, als die Jungen schlüpfen. Dabei macht er eine interessante Entdeckung: Woher wissen die Kleinen eigentlich, wann es Futter gibt? Immer im richtigen Moment, wenn das Amselweibchen mit einem Wurm zum Nest kommt, recken sie die Hälse hoch und sperren die Schnäbel auf. Dabei sind ihre Augen doch noch geschlossen! Die Vögelchen können ihre Mutter doch gar nicht sehen! Matthias Glaubrecht bekommt heraus, dass die Kleinen auch die Hälse hochrecken, wenn er ganz leicht an den Zweigen rüttelt, auf denen das Nest ist. Anscheinend denken die Kleinen dann, die Mutter sei nach Hause gekommen.

Der Junge ist fasziniert von dieser Beobachtung. Und als er später noch die abenteuerlichen Berichte von Darwins Reise um die

Unten: Man vermutet, dass es etwa 100 000 Schneckenarten auf der Erde gibt. Etwa 60 % leben im Meer, 30 % auf dem Festland und 10 % im Süßwasser. Diese Abbildung zeigt eine farbenprächtige, tropische Süßwasserschnecke.

Ganz unten: Das Forscherteam lässt ein Boot zu Wasser.

Matthias Glaubrecht

Matthias Glaubrecht wird **1962** in Hamburg geboren. Schon früh erwacht sein Interesse für Biologie. Nach dem Abitur studiert er Paläontologie und Zoologie an der Universität Hamburg. Seine Doktorarbeit schreibt er über den Zusammenhang von Evolution und Ökologie. **1996** geht er nach Australien, um am Australian Museum in Sydney Forschung zu betreiben. Danach nimmt er seine Tätigkeit als Kurator am Museum für Naturkunde in Berlin auf. Dort leitet er eine Arbeitsgruppe, die den Einfluss der Ökologie auf die Entwicklung von neuen Arten untersucht. Mindestens einmal im Jahr besucht er die Insel Sulawesi und taucht dort in den Malili-Seen nach Schnecken. Neben seiner Lehrtätigkeit an der Humboldt-Universität Berlin hat Matthias Glaubrecht mehrere preisgekrönte Bücher zum Thema Evolution veröffentlicht.

Welt auf der *Beagle* liest, da weiß er ganz genau, was er später einmal werden möchte: Naturforscher wie Darwin. „Darwin war schon so etwas wie der Held meiner Kindheit!“, sagt er heute. In Biologie hat Glaubrecht in der Schule ohne jede Anstrengung immer eine Eins. Und so wundert es in seiner Umgebung auch niemanden, dass er nach der Schule Biologie studiert. Während er als Kind in Darwin hauptsächlich den Abenteurer gesehen hat, begreift er während seines Studiums die Bedeutung von Darwin als Forscher.

Dr. Matthias Glaubrecht präsentiert eine Sammlung mit Schnecken aus Sulawesi. Manchmal wünscht er sich Darwins ideale Arbeitsbedingungen: Wohlhabende Privatgelehrte wie Darwin mussten keine Forschungsgelder beantragen und standen nicht unter Druck, möglichst schnell Ergebnisse vorzuweisen.

Eigentlich hatte Glaubrecht sich sein Forscherleben lange Zeit so vorgestellt, dass er eines schönen Tages Vögel beobachten würde. Seine Faszination für Vögel ist nie geringer geworden. Aber Darwin ist daran schuld, dass er stattdessen auf Süßwasserschnecken in tropischen Seen gekommen ist. Denn mit Hilfe der Schnecken wird man vielleicht eines Tages viel besser verstehen, wie sich das Leben entwickelt hat.

Einmal im Jahr fliegt Matthias Glaubrecht mit Kollegen für etwa einen Monat nach Südostasien, um in riesigen Süßwasserseen auf der Insel Sulawesi nach Schnecken zu tauchen. Diese Seen liegen im Hochland der Insel, umgeben von tropischen Wäldern. Um dorthin zu gelangen, fahren die Forscher zwölf Stunden lang in einem überfüllten Überlandbus, in dem auch die Bauern ihre Hühner auf den Markt bringen. Die Mitreisenden wundern sich über das Gepäck der Euro-

Wir haben dieselben Fragen, die Darwin interessiert haben, es ist dieselbe brennende Ungeduld, diese Fragen zu beantworten, mit denen er sich Jahrzehnte herumgeschlagen hat.
Matthias Glaubrecht

päer: die Tauchausrüstung, die vielen Behälter, in denen die Schnecken später transportiert werden sollen, und zwölf Kanister Alkohol, mit denen man sie haltbar macht. Die Einheimischen können es kaum glauben, dass die Leute aus Deutschland so weit gereist sind, um hier nach Schnecken zu tauchen. Meist gibt es ungläubiges Staunen und großes Gelächter.

Da es Schnecken bereits vor Millionen Jahren gab, kann man viel über die Evolution herausfinden, wenn man sie erforscht. Zudem sind sie zahlreich und leicht zugänglich – ebenfalls optimale Bedingungen für Evolutionsbiologen.

Am See angekommen, beziehen die Wissenschaftler in kleinen Blockhäuschen am Ufer Quartier. Um fünf Uhr morgens geht es dann jeden Tag mit einem Katingting, einer Art motorbetriebenem Kanu, auf den See hinaus. Eine Dreiviertelstunde – solange reicht die Atemluft in den Taucherflaschen – dauert jeder einzelne Tauchgang. Jeder Forscher macht pro Tag mehrere Tauchgänge. Dabei werden Dutzende Schnecken eingesammelt. Gewissenhaft machen sich die Forscher Notizen. Mit Hilfe von Satelliten wird die genaue Position der unterschiedlichen Schneckenarten bestimmt.

Besonderes Interesse haben Glaubrecht und seine Kollegen daran, auf welchem Untergrund die Schnecken umherkriechen. Schnecken ernähren sich von Algen. Je nachdem, ob eine Schnecke auf Steinen, Holz oder Schlamm zu Hause ist, unterscheidet sich ihre Raspelzunge von den Zungen anderer Schneckenarten. Das ist ganz ähnlich wie bei Darwins Finken auf den Galapagosinseln, deren Schnäbel sich je nach Nahrungsangebot anders entwickelt haben. Die Frage, die die Evolutionsbiologen bei ihrer Arbeit mit den Schnecken besonders interessiert, ist eine Frage, auf die Darwin noch keine Antwort wusste, nämlich: Wie entstehen eigentlich neue Arten? Und warum gibt es so viele?

Was sind Arten?

Eine Art besteht aus Lebewesen, die sich sehr ähnlich sind. Es gibt verschiedene Versuche zu definieren, was eine Art ist. Eine allgemeingültige Definition gibt es nicht. Hier drei Beispiele für Artkonzepte:

- Als Art bezeichnet man eine Gruppe von Lebewesen, die sich untereinander fortpflanzen können, nicht aber mit Angehörigen anderer Arten. Ein alter Merksatz dazu lautet: „Was sich schart und paart, gehört zu einer Art."
- Zu einer Art gehören Organismen, die sich eine ökologische Nische teilen.
- Eine Art ist eine Gruppe von Lebewesen, die man auf Grund ihrer gemeinsamen Merkmale von anderen Lebewesen klar unterscheiden kann.

Bisher hielt man eine räumliche Trennung etwa durch Gebirgsauffaltung oder Vulkanausbrüche für die Ursache, warum neue Arten entstehen. Wenn zum Beispiel durch ein Erdbeben ein See, in dem eine bestimmte Schneckenart lebt, in zwei Teilseen geteilt wird, bilden sich mit der Zeit in den beiden Teilseen jeweils neue Arten heraus. Aber auf Sulawesi trifft all das nicht zu. Die Schnecken leben alle zusammen in einem einzigen, großen See. Es gibt keine Barrieren. Die Tiere können kriechen, wohin sie wollen. Und dennoch gibt es hier in den Seen über 40 verschiedene Schneckenarten! Das ist sehr ungewöhnlich. In den meisten Seen in der Nähe von Berlin kann man vielleicht drei oder vier unterschiedliche Arten entdecken. Wodurch entstand in diesem See in Sulawesi dieser gewaltige Artenschwarm? Die Forscher konnten nachweisen, dass hier neue Arten dadurch entstanden sind, dass die Schnecken auf unterschiedlichem Grund siedeln und daher unterschiedliche Dinge fressen. Sie wollen beweisen, dass dies – also die Lebensweise der Tiere – bei der Artenbildung eine größere Rolle spielt als bisher angenommen.

Bahnbrechende Forscher wie Darwin und Mendel haben die Basis geschaffen, auf der moderne Wissenschaftler wie Matthias Glaubrecht heute arbeiten. Auf die Frage, wie neue Arten entstehen, gibt es also schon schlüssige Antworten. Aber wie entstand das erste Leben auf der Erde? Kann man das mit der Evolution erklären? Was ist der Anfang aller Dinge?

Matthias Glaubrecht gesteht ein, dass dies immer noch nicht beantwortet werden kann. Es gibt keinen Beweis dafür, dass Gott seine Hand im Spiel hatte, es gibt aber auch keinen Beweis dagegen. Jeder darf selbst entscheiden, an was er glauben möchte. Auch große Wissenschaftler können sehr gläubig sein – ein berühmtes Beispiel dafür ist Albert Einstein.

Darwin schrieb am Ende seines Lebens an seine Kinder, dass es Grenzen gibt, dass trotz Forschung und genauem Hinsehen Geheimnisse geblieben sind. Und vielleicht immer bleiben werden.

Das Geheimnis vom Anfang aller Dinge können wir nicht aufklären.

Charles Darwin in seiner Autobiografie

Chronik

1758 Carl v. Linné reiht den Menschen in die Säugetierordnung der Primaten ein und stellt ihn damit in eine Gattung mit Schimpansen und Gorillas. Er hält aber an der Unveränderlichkeit der Arten fest.
1790 Goethe stellt in seiner Schrift *Die Metamorphose der Pflanzen* Überlegungen über die Evolution der Pflanzen an.
1794–1796 Erasmus Darwin (1731–1802), der Großvater Charles Darwins, formuliert in seinem Werk *Zoonomie oder die Gesetze des organischen Lebens* die Idee der Evolution und gehört damit zu den Vorläufern des Darwinismus.
1798 Thomas Robert Malthus veröffentlicht seinen Essay *Das Bevölkerungsgesetz.* Sein Gedanke, dass sich die menschliche Bevölkerung alle 25 Jahre verdoppeln könnte, wenn ihr Wachstum nicht durch Tod gebremst würde, unterstützt Darwin in seiner Annahme über die „natürliche Auslese".
1799–1804 Alexander v. Humboldt bereist Südamerika. Seine Naturbeschreibungen leiten Darwin auf seiner Reise bei eigenen Beobachtungen.
1802 William Samuel Paley verfasst das Buch *Natural Theology.* Er schließt aus dem perfekten Zusammenspiel der belebten Natur, dass es einen göttlichen Planer geben müsse.
12. Februar 1809 Charles Darwin wird in Shrewsbury, England, geboren.
1809 In seinem Werk *Zoologische Philosophie* konstatiert der Biologe Jean-Baptiste de Lamarck, dass Arten veränderlich seien. Er stellt die These auf, dass alle Lebewesen miteinander verwandt sind. Er geht jedoch davon aus, dass sie sich durch Anpassung an ihre Umgebung weiterentwickeln. Damit vertieft Lamarck als einer der Ersten die Vorstellung von der Evolution.
1817 In seinem Werk *Das Tierreich nach Gestaltung unterteilt* stellt der Anatom Georges Cuvier die These auf, dass Tiere aussterben können.
1825 Georges Cuvier veröffentlicht sein Werk *Diskurs über die Veränderungen der Erdoberfläche.* Er verficht die These, dass im Laufe der Erdgeschichte immer wieder auftretende Katastrophen einen Wechsel der Lebewesen und eine anschließende Neuschöpfung bewirkt haben. Diese „Katastrophentheorie" wird in Gelehrtenkreisen allgemein anerkannt.
1825–1827 Charles Darwin studiert Medizin in Edinburgh. Er liest das Werk seines Großvaters und lernt Lamarcks Theorie von der Anpassung durch Vererbung erworbener Eigenschaften kennen.
1828–1831 Studium der Theologie und Biologie in Cambridge. Darwins Käfersammelleidenschaft erwacht. Freundschaft zu dem Geologieprofessor Adam Sedgwick, mit dem er mehrere Exkursionen in England unternimmt. Begeisterte Lektüre von Humboldts Reisebericht. Studium bei John Stevens Henslow, Professor für Mineralogie und Botanik, der zu seinem Freund und Förderer wird.
1830 Die Theorie, dass manche Arten ausgestorben sein könnten, wird wissenschaftliches Allgemeingut.
1830–1833 Charles Lyell veröffentlicht sein *Lehrbuch der Geologie.* Er formuliert darin das Prinzip des Aktualismus, demnach nur solche Kräfte an der Gestaltung der Erdoberfläche mitgewirkt haben, die heute noch zu beobachten sind.
1831 John Stevens Henslow empfiehlt Darwin Kapitän Robert FitzRoy als Reisebegleiter. Darwin soll ihn als Naturforscher auf einer Expedition nach Südamerika begleiten.
27. Dezember 1831 Beginn der von der englischen Regierung finanzierten Weltreise mit der *Beagle.* Von Plymouth (England) soll es über Feuerland und Ostindien zurück nach Europa gehen.
16. Januar 1832 Erster Landgang in Santiago, Kapverden. Geologische Beobachtungen, angeregt durch die Lektüre des ersten Bandes von Charles Lyells *Lehrbuch der Geologie.*
28. Februar 1832 Ankunft in Salvador, Brasilien. Darwin ist begeistert von der Schönheit der tropischen Landschaft.
26. Juli 1832 Das erste Ziel der Expedition ist erreicht – Montevideo und das Mündungsgebiet des La Plata. Darwin unternimmt ausgedehnte Expeditionen durch Argentinien und Uruguay.
18. Dezember 1832 Begegnung mit den Bewohnern Feuerlands und Brasiliens. Darwin verarbeitet diese Erfahrung später in seinem Werk *Die Abstammung des Menschen und die geschlechtliche Zuchtwahl.* Seine Funde fossiler Säugetiere in Patagonien leisten einen wesentlichen Beitrag zu seiner Theorie des Artenwandels.
Mitte 1834–August 1835 Ankunft an der Westseite Südamerikas. Darwin erkundet Peru, Chile und die angrenzenden Inseln.
September 1835 Ankunft im Galapagos-Archipel. Darwin beobachtet verschiedene Finken und sucht nach Erklärungen für ihre unterschiedlichen Erscheinungsweisen.
Dezember 1835 Ankunft in Neuseeland
Juni 1836 Die *Beagle* erreicht die Südspitze Afrikas. Über Brasilien geht es zurück nach Europa.
2. Oktober 1836 Ende der Weltreise, Ankunft in Falmouth, Cornwall. Darwin kehrt zurück nach Cambridge, wo er sein Reisetagebuch überarbeitet, Vorträge hält und mit Henslow die Auswertung seiner Sammlung plant.
Frühjahr 1837 Umzug nach London. Darwin schließt Freundschaft mit Charles Lyell. Begegnung mit Alexander v. Humboldt und Thomas Carlyle.
Juli 1837–Februar 1838 Darwin versucht erstmals, seine Gedanken über den Ursprung der Arten festzuhalten.
Herbst 1838 Darwin liest Malthus' Werk *Das Bevölkerungsgesetz.*
29. Januar 1839 Darwin heiratet seine Kusine Emma Wedgwood.
1839 Veröffentlichung von Darwins Reisetagebuch *A Naturalist's Voyage (Reise eines Naturforschers)*
1841–1846 Geologische Arbeiten über Korallenriffe, vulkanische Inseln und die Geologie Südamerikas
Mai 1842 Erste Skizze der „Speziestheorie"
5. Juli 1842 Darwin beendet seine Skizze über den Ursprung der Arten.
14. September 1842 Umzug von London nach Downe in der Grafschaft Kent
1843 Freundschaft und reger Austausch mit Charles Lyell (Begründer der historischen Geologie), Thomas Huxley (Anatom und Zoologe), Joseph Hooker und Asa Gray (beide Botaniker). Sie alle haben zu Forschungszwecken Weltreisen gemacht.
1846–1854 Intensive Beschäftigung mit der Zoologie. Darwin verfasst eine Arbeit über Rankenfüßer.
1855 Alfred Russel Wallace veröffentlicht den Aufsatz „Theorie der stufen-

weisen Veränderung". Darin stellt er den Gedanken des Artenwandels und der Bedeutung des Selektionsprinzips durch den Kampf ums Dasein vor. Darwin erkennt in dem Essay viele eigene Ideen wieder. Er entschließt sich, seine Schrift für die Veröffentlichung vorzubereiten.
Juni 1858 Darwin erhält einen Brief von Wallace mit dessen zweitem Essay „Über die Tendenz der Varietäten, unbegrenzt von dem Originaltypus abzuweichen". Da Wallace ganz ähnliche Beobachtungen über den Wandel der Arten macht wie Darwin auch, ist Darwin zum Handeln gezwungen.
1. Juli 1858 Aus Angst, dass ihm ein anderer Wissenschaftler kurz vor dem Ziel zuvorkommt, lässt Darwin einen Auszug aus seinem Werk der Linné-Gesellschaft vorstellen. Gleichzeitig wird dort der zweite Essay von Wallace vorgetragen.
24. November 1859 Darwin veröffentlicht sein Werk *Über die Entstehung der Arten durch natürliche Zuchtwahl oder die Erhaltung der bevorzugten Rassen im Kampf ums Dasein.* Die Resonanz ist groß, die erste Auflage ist im Nu verkauft.
Anfang der 1860er Jahre Viele Gegner der Evolutionstheorie, darunter Richard Owen, der berühmte Anatom und Dinosaurierforscher, greifen Darwin aufgrund seiner Thesen an.
1862 Abhandlung über die Befruchtung von Orchideen
Januar 1863 Huxley weist in der Schrift „Zeugnisse für die Stellung des Menschen in der Natur" auf die anatomische Ähnlichkeit von Mensch und Gorilla hin.
19. September 1863 Ernst Haeckel hält einen Vortrag „Über die Entwicklungstheorie Darwins" und zieht darin die Konsequenz, dass der Mensch das höchste der Säugetiere sei.
1865 Gregor Mendel entdeckt die Vererbungsgesetze. Doch erst Anfang des 20. Jahrhunderts wird die Bedeutung der Neuordnung der Erbeinheiten (Gene) erkannt.
1866 und **1868** Haeckel veröffentlicht seine *Generelle Morphologie* sowie die *Natürliche Schöpfungsgeschichte.* Durch diese beiden Werke wird der moderne Evolutionsgedanke in Europa verbreitet.
1871 Darwin veröffentlicht *Die Abstammung des Menschen und die geschlechtliche Zuchtwahl.*
1872 Darwins Werk *Der Ausdruck der Gemütsbewegungen bei den Menschen und den Tieren* erscheint und bildet die Keimzelle der modernen Verhaltensforschung.
1872 bis 1882 Darwin wendet sich der Botanik zu.
19. April 1882 Charles Darwin stirbt.
1911 Thomas Morgan weist anhand von Fruchtfliegen nach, dass die Gene auf den Chromosomen liegen.
1942 Ernst Walter Mayr bringt Charles Darwins Konzept der natürlichen Auslese in Einklang mit den Erkenntnissen der Genetik.
1944 Oswald T. Avery zeigt, dass die DNA der Träger des Erbmaterials ist.
1953 James Watson und Francis Crick verstehen den Mechanismus der Vererbung und beschreiben den strukturellen Aufbau der DNA.
1966 Der genetische Code wird entschlüsselt.
1984 Das Werk *The Mystery of Life's Origins* von Charles B. Thaxton greift den Gedanken auf, dass nur ein intelligenter Designer die komplexen Abläufe auf Erden geplant und geschaffen haben kann. Diese nur von wenigen Biologen vertretene Annahme bezeichnet man als „Intelligent Design".
Seit den 1990ern Gentechnisch veränderte Lebensmittel kommen in den Handel (vor allem Mais und Soja).
5. Juli 1996 Das Schaf Dolly ist das erste Säugetier, das mittels eines Klonverfahrens gezeugt wurde. Es stirbt mit knapp sieben Jahren im Februar 2003.
2001 Die US-Firma Advanced Cell Technology (ACT) klont den ersten menschlichen Embryo.

Museen

Down House
Luxted Road, Downe
Kent BR6 7JT
Das Haus, in dem Charles Darwin den Großteil seines Lebens verbrachte, ist heute ein Museum. Hier arbeitete er seine Evolutionstheorie aus.
Museum für Naturkunde Berlin
Invalidenstraße 43
10115 Berlin
Die Dauerausstellung „Evolution in Aktion" zeigt die Vielfalt des Lebens sowie ausgewählte Mechanismen der Evolution.
Naturhistorisches Museum Wien
Burgring 7
A–1010 Wien
Auf einer Reise durch die Erdgeschichte sieht man die Vielfalt der Natur.
Naturkunde Museum Genf
Route de Malagnou 1
1208 Genf
Auf einem historischen Pfad vollzieht man die Evolution des Menschen von seinen Ursprüngen bis heute nach.
Naturmuseum Senckenberg Frankfurt am Main
Senckenberganlage 25
60325 Frankfurt
Das Museum zeigt die Entwicklung der Lebewesen auf der Erde und die heutige Vielfalt des Lebens.

Filmtipps

Naturwunder Galapagos – Inseln, die die Welt veränderten
DVD 2007
Ohne Altersbeschränkung
Dokumentarfilm über das Naturparadies Galapagos mit Bezugnahme auf Darwin
Wer den Wind sät
DVD 2006
Ab 12 Jahren
Der Spielfilm von 1960 greift den sogenannten „Affenprozess" auf, bei dem ein Geistlicher 1925 in Texas einen Lehrer verklagte, der Darwins Evolutionstheorie gelehrt hatte.

Buchtipps

Peter Sis: *Der Baum des Lebens,* Hanser, München 2004
Darwin für Kinder und Erwachsene, ausgewählt von Volker Mosbrugger, illustriert von Hans Traxler, Insel Verlag, Frankfurt/M. 2008
Luca Novelli: *Darwin und die wahre Geschichte der Dinosaurier,* Arena, Würzburg 2005
Sehen-Staunen-Wissen: Evolution, Gerstenberg Verlag, Hildesheim 2006
Sehen-Staunen-Wissen: Große Wissenschaftler, Gerstenberg Verlag, Hildesheim 2007
Das visuelle Lexikon Erdgeschichte & Evolution, Gerstenberg Verlag, Hildesheim 2006

Register

Seitenverweise auf Bildlegenden sind *kursiv* gesetzt.

Bildnachweis

akg-images Berlin: S. 14ml&u, 27, 31or, 48m/Sotheby's: S. 8; Associated Press/Mary Altaffer: S. 43/Bob Care: S. 55u; Bridgeman Art Library: S. 17or, 19o, 31ul, 33o, 47u; © CORBIS/Gary Braasch: S. 52m/George D. Lepp: S. 38-39u/PoodlesRock: Umschlag vorn ul; everystockphoto/Charles & Clint: S. 26mr/takomabibelot: S. 46or/Zaptel: S. 28; Getty Images/AFP/Tarik Tinazay: Umschlag vorn o; Dr. Matthias Glaubrecht: S. 56u, 58ol&or, 58-59u; INTERFOTO/Mary Evans Picture Library: S. 54; kylemac: Umschlag hinten l, S. 36; Chris Lukhaup: S. 56mr; Museum für Naturkunde Berlin/Foto: Antje Dittmann: S. 4-5; Maja Nielsen: Umschlag hinten mr, S. 7ml, 57o; picture-alliance/Bildagentur Huber: S. 23, 24ul/dpa: S. 6mr, 50/maxppp: S. 35/ united archives: S. 13; PIXELIO/kathy1976: S. 2/Jochen Zapfe: S. 38mr/U. Zebunke: S. 52u; Mike Weston: S. 6-7 (Hintergrund)

Quellennachweis

Charles Darwin: *Mein Leben: 1809–1882.* Hrsg. von Nora Barlow. Mit einem Vorwort von Ernst Mayr. Aus dem Englischen von Christa Krüger © 1993 Insel Verlag, Frankfurt am Main; Peter Nichols: *Darwins Kapitän: das dunkle Schicksal des Mannes, der Charles Darwin um die Erde segelte.* Deutsch von Hans Link © 2004 Europa Verlag, Hamburg; Charles Darwin: *Die Fahrt der Beagle: Tagebuch mit Erforschungen der Naturgeschichte und Geologie der Länder, die auf der Fahrt von HMS Beagle unter dem Kommando von Kapitän FitzRoy, RN, besucht wurden.* Bearbeitet von Daniel Kehlmann. Deutsch von Eike Schönfeld © 2006 Marebuchverlag, Hamburg; Leider war es uns nicht in allen Fällen möglich, die Rechteinhaber ausfindig zu machen; alle Ansprüche bleiben gewahrt.